Memórias de um Burro

· Condessa de Ségur ·

MEMÓRIAS DE UM BURRO

Tradução
Caroline Silva

Esta é uma publicação Principis, selo exclusivo da Ciranda Cultural
© 2021 Ciranda Cultural Editora e Distribuidora Ltda.

Traduzido do original em francês
Les Mémoires d'un âne

Produção editorial
Ciranda Cultural

Texto
Condessa de Ségur

Diagramação
Linea Editora

Editora
Michele de Souza Barbosa

Design de capa
Imaginare Studio

Tradução
Caroline Silva

Imagens
Komleva/shutterstock.com;
Ana Sakuta/shutterstock.com;
AnnaRuppel/shutterstock.com;
Midstream/shutterstock.com

Revisão
Thalita Moiseieff Pieroni

Dados Internacionais de Catalogação na Publicação (CIP) de acordo com ISBD

S523m	Ségur, Condessa de
	Memórias de um burro / Condessa de Ségur; traduzido por Caroline Silva. - Jandira, SP : Ciranda Cultural, 2021.
	192 p. : 15,50cm x 22,60cm. - (Clássicos da literatura mundial)
	Título original: Les Mémoires d'un âne
	ISBN: 978-65-5552-684-4
	1. Literatura Francesa. 2. Memórias. 3. Aventura. 4. Animais. 5. Sabedoria. I. Silva, Caroline. II. Título.
2021-0278	CDD 843
	CDU 821.133

Elaborado por Lucio Feitosa - CRB-8/8803

Índice para catálogo sistemático:
1. Literatura Francesa : Ficção 843
2. Literatura Francesa : Ficção 821.133

1ª edição em 2021
www.cirandacultural.com.br
Todos os direitos reservados.
Nenhuma parte desta publicação pode ser reproduzida, arquivada em sistema de busca ou transmitida por qualquer meio, seja ele eletrônico, fotocópia, gravação ou outros, sem prévia autorização do detentor dos direitos, e não pode circular encadernada ou encapada de maneira distinta daquela em que foi publicada, ou sem que as mesmas condições sejam impostas aos compradores subsequentes.

Esta obra reproduz costumes e comportamentos da época em que foi escrita.

SUMÁRIO

O mercado 9

A perseguição 14

Meus novos donos 17

A ponte 21

O cemitério 26

O esconderijo 31

O medalhão 36

O incêndio 41

A corrida de burros 45

Os bons donos 53

Cadichon doente 59

Os ladrões 62

O subterrâneo 68

Thérèse 74

A caça 85

Médor 94

As crianças da escola 100

O batismo 104

O burro inteligente 111

A rã 121

O pônei 125
A punição 134
A transformação 141
Os ladrões 155
O pedido de desculpas 170
O barco 179
Conclusão 190

Para meu senhorzinho,
Henri de Ségur

Senhorzinho, o senhor foi bom para mim, mas falou dos burros com desprezo. Para que consiga entender melhor quem são os burros, escrevo e ofereço-lhe estas Memórias. Meu querido senhorzinho verá como eu, um simples burro, e meus amigos burros, burrinhos e mulas, fomos e continuamos sendo tratados com injustiça pelos humanos. O senhor verá que somos espertos e que temos excelentes qualidades; verá também o quanto fui malvado na minha juventude, o quanto isso me custou e me trouxe infelicidade e como o arrependimento me transformou e me rendeu a amizade dos meus camaradas e dos meus donos. O senhor verá que, depois de ler este livro, em vez de dizerem "besta como um burro, ignorante como um burro, teimoso como um burro", dirão "esperto como um burro, inteligente como um burro, dócil como um burro". O senhor e seus pais ficarão orgulhosos com esses elogios.

Hi-hoo! Meu bom senhorzinho, desejo que em nada se pareça, na primeira metade da sua vida, com este seu fiel criado,

Cadichon,
O burro inteligente

O Mercado

Não me lembro da minha infância. Certamente fui infeliz como todos os burros, mas bonito e gracioso como todos somos; com certeza eu era muito esperto, já que, embora hoje esteja velho, ainda sou muito mais esperto que meus camaradas. Mais de uma vez enganei meus pobres donos, que não passavam de simples humanos e que, por isso, não podiam ter a inteligência de um burro.

Vou começar contando uma das peças que preguei neles na época da minha infância.

Já que os humanos não têm como saber tudo que os burros sabem, o senhor, que está lendo este livro, com certeza ignora o que é sabido por todos os meus amigos burros: às terças, acontece na cidade de Laigle uma feira onde se vendem legumes, manteiga, ovos, queijo, frutas e outros excelentes produtos. É um dia de martírio para meus pobres camaradas; também era para mim antes de ter sido adotado pela minha boa e velha dona, a avó do senhor, com quem hoje vivo. Eu pertencia a uma fazendeira exigente e malvada. Imagine, querido senhorzinho, que ela era má a ponto de pegar todos os ovos que as galinhas botavam, toda a manteiga e o queijo que o leite das vacas lhe dava e todos os legumes e as frutas que amadureciam durante a semana só para encher os cestos que eu tinha que levar no lombo.

E quando eu mal conseguia avançar de tanto peso que carregava, aquela mulher malvada se sentava em cima dos cestos e me obrigava a trotar, mesmo estando esmagado e acabado, até o mercado de Laigle, que ficava a uma légua da fazenda. Eu sempre sentia muita raiva, mas não a ousava demonstrar, pois tinha medo das pauladas; minha dona tinha um porrete bem grosso, cheio de nós, que machucava quando ela me batia. Sempre que via e ouvia os preparativos para a feira, eu suspirava, gemia e até relinchava na esperança de amolecer o coração dos meus donos.

– Vamos, seu preguiçoso – diziam-me quando vinham me buscar –, fique quieto, não nos deixe surdos com essa sua voz insuportável! *Hi-hoo! Hi-hoo!* Que bela música aos ouvidos! Jules, meu pequeno, traga esse preguiçoso até a porta para que sua mãe coloque a carga no lombo dele! Ali! Um cesto de ovos! Outro! Os queijos, a manteiga… agora os legumes! Ótimo! Já temos uma boa quantidade que vai nos render algumas moedas de cinco francos. Mariette, minha filha, traga uma cadeira para que sua mãe suba no burro! Muito bem! Faça uma boa viagem, minha mulher, e obrigue esse animal preguiçoso a andar. Pegue o porrete para dar nele!

Pá! Pá!

– Muito bem; com mais algumas demonstrações de carinho como essa, ele andará.

Pou! Pou!

A mulher não parava de dar com o porrete em meus rins, em minhas pernas, em meu pescoço. Eu ia trotando, quase galopando, mas ela continuava batendo em mim. Fiquei indignado com tanta injustiça e crueldade. Até tentei acelerar para derrubar minha dona, mas estava carregado demais; só consegui saltitar e me sacudir de um lado para outro. Finalmente, tive o prazer de vê-la cair.

– Burro ruim! Animal estúpido! Cabeçudo! Vou lhe dar uma lição a pauladas!

Ela me bateu tanto que mal consegui caminhar até a cidade. Finalmente chegamos. Tiraram todos os cestos de cima do meu lombo esfolado e os colocaram no chão. Minha dona, depois de me amarrar a um poste, foi almoçar, e eu, que estava morrendo de fome e de sede, não ganhei nem um raminho de erva, nem uma gota de água. Dei um jeito de chegar perto dos legumes enquanto a mulher estava longe e me regalei enchendo o estômago com um cesto de alface e couve. Nunca comi verduras tão boas em toda a minha vida; estava terminando a última couve e a última alface quando minha dona voltou. Ela gritou ao ver o cesto vazio; eu a olhei com um ar insolente e tão satisfeito que ela descobriu meu crime. Não vou repetir as injúrias com as quais fui soterrado. Ela tinha um péssimo humor e, quando estava com raiva, xingava e dizia coisas que me envergonhavam, por mais burro que eu fosse. Após dizer as mais humilhantes palavras, às quais eu respondia apenas lambendo os beiços e dando-lhe as costas, ela pegou o porrete e começou a me bater com tanta crueldade que acabei perdendo a paciência e lhe dei três coices: o primeiro quebrou o nariz e dois dentes dela, o segundo quebrou o pulso e o terceiro a atingiu bem no estômago e a derrubou no chão. Umas vinte pessoas avançaram para cima de mim, batendo-me e xingando-me. Levaram minha dona para não sei onde e me deixaram amarrado ao poste perto do qual as mercadorias que eu trouxera estavam espalhadas. Fiquei ali por muito tempo; vendo que ninguém estava preocupado comigo, devorei um segundo cesto cheio de legumes deliciosos, cortei com os dentes a corda que me prendia e retomei calmamente o caminho de volta para a fazenda.

As pessoas que passavam por mim na estrada se espantavam ao me ver sozinho.

– Olhe, um animal com a corda arrebentada! Deve ter fugido – disse um transeunte.

– Só se tiver fugido da prisão – disse outro.

E começaram a rir.

– Não está levando muito peso no lombo – disse um terceiro.

– Certamente cometeu algum crime! – gritou um quarto.

– Então vamos pegá-lo, marido! Ele pode levar nosso menino – disse uma mulher.

– Ah! Ele pode muito bem levar você e o menino – respondeu o marido.

Para dar a eles uma boa impressão da minha mansidão e da minha obediência, aproximei-me devagarinho da mulher e parei perto dela para deixá-la subir em meu lombo.

– Esse burrinho não parece arredio! – disse o homem, enquanto ajudava sua mulher a se acomodar na sela.

Sorri com condescendência ao ouvir aquilo: arredio? Como se um burro tratado com carinho pudesse ser arredio. Só somos raivosos, desobedientes e turrões quando queremos nos vingar das surras e das ofensas que recebemos. Quando somos bem tratados, somos bonzinhos, muito melhores que os outros animais.

Levei à casa deles a jovem mulher e o filho, um pequeno e gracioso menino de dois anos que me fazia carinho, me achava bonito e queria ficar comigo. Mas pensei que aquilo não seria honesto. Meus donos tinham me comprado, eu pertencia a eles. Eu já arrebentara os dentes, o pulso e a barriga da minha dona, já estava suficientemente vingado. Vendo que a mãe cederia à vontade de seu filho, que era mimado (coisa que percebi enquanto ela o colocava em meu lombo), dei um salto para o lado e, antes que ela conseguisse segurar minha rédea, fugi a galope e voltei para casa.

Mariette, a filha da minha dona, foi a primeira a me avistar.

– Cadichon já chegou! Como voltou cedo! Jules, venha tirar a sela dele.

– Burro estúpido – disse Jules, com um tom rabugento –, está sempre dando trabalho. Por que voltou sozinho? Aposto que fugiu. Bicho ruim! – acrescentou dando um pontapé em minhas pernas. – Se eu souber que você fugiu, vou lhe dar cem pauladas.

Depois que ele tirou minha sela e minha rédea, saí galopando. Mal cheguei à pastagem, ouvi gritos que vinham da fazenda. Aproximei-me da cerca e vi que tinham trazido a fazendeira; eram as crianças que estavam gritando. Eu escutava com toda a minha atenção e ouvi Jules dizer ao pai:

– Pai, vou pegar aquele grande chicote do carroceiro, amarrar o burro a uma árvore e bater nele até que não se aguente mais em pé.

– Vá, meu filho, vá, mas não o mate; perderíamos o dinheiro que ele nos custou. Vou vendê-lo na próxima feira.

Estremeci de medo quando escutei aquilo e vi Jules correr até o estábulo para pegar o chicote. Eu não tinha mais nada a temer e, sem me importar em deixar meus donos no prejuízo pelo preço que pagaram por mim, corri em direção à cerca que me separava do campo. Pulei por cima dela com tanta força que arrebentei os galhos e consegui atravessá-los. Corri pelo campo e continuei correndo por um bom tempo, tempo demais, acreditando que estava sendo seguido. Finalmente, já sem forças, parei, escutei... não ouvi nada. Subi em uma colina, não vi ninguém. Então, comecei a respirar e a me sentir feliz por ter me libertado daqueles fazendeiros malvados. Mas também me perguntei o que seria de mim. Se eu continuasse naquela região, seria reconhecido, capturado e levado de volta para meus donos. O que fazer? Aonde ir?

Olhei ao meu redor; isolado e infeliz, estava quase começando a chorar pela minha triste situação quando percebi que estava ao lado de um magnífico bosque: a floresta de Saint-Evroult. "Que maravilha!", exclamei. "Essa floresta tem erva macia, água e musgo fresco: vou ficar nela durante alguns dias e depois irei para uma outra floresta, mais distante, ainda mais longe da fazenda dos meus donos."

Entrei no bosque; comi com alegria uma erva macia e bebi água de uma bela fonte. Como estava começando a anoitecer, deitei-me sobre o musgo aos pés de um velho pinheiro e dormi tranquilamente até o dia seguinte.

A PERSEGUIÇÃO

No dia seguinte, depois de ter comido e bebido, pensei no quanto eu estava feliz.

"Agora estou a salvo", eu pensava; "nunca vão me encontrar, e em dois dias, depois que eu estiver bem descansado, vou me afastar ainda mais".

Eu tinha acabado de pensar aquilo quando ouvi o latido distante de um cão, depois o de um segundo; alguns instantes depois, ouvi claramente os uivos de uma matilha inteira.

Preocupado e até um pouco assustado, levantei-me e dirigi-me a um pequeno riacho que eu tinha visto pela manhã. Mal entrei nele, ouvi a voz de Jules falando com os cachorros.

– Vamos, vamos, cães, procurem direito, encontrem esse burro miserável, mordam-no, puxem-no pelas pernas e tragam-no até mim, para que ele sinta meu chicote no lombo.

O medo quase me paralisou, mas logo pensei que se caminhasse pela água os cães não conseguiriam mais farejar meus passos. Então, comecei a correr pelo riacho, que felizmente era protegido por arbustos muito espessos nas duas margens. Caminhei sem parar durante muito tempo;

os latidos dos cães ficavam cada vez mais distantes, assim como a voz do malvado Jules. Depois de um tempo, eu não ouvia mais nada.

Sem fôlego e sem energia, parei por um instante para beber água e comer algumas folhas dos arbustos. Minhas pernas estavam duras de frio, mas não me atrevi a sair da água, pois tinha medo que os cães viessem até ali e farejassem meus passos. Depois de descansar um pouco, recomecei a correr, sempre pelo rio, até que saí da floresta. Cheguei a uma grande campina onde pastavam mais de cinquenta bois. Deite-me sob o sol em um canto da pastagem; os bois não se importavam comigo, de forma que pude comer e descansar à vontade.

No início da noite, dois homens chegaram à campina.

– Irmão – disse o mais alto dos dois –, o que acha de levarmos os bois de volta hoje à noite? Estão dizendo que há lobos no bosque.

– Lobos? Quem falou essa asneira?

– Gente de Laigle. Estão dizendo que o burro da fazenda de Haies foi levado e devorado na floresta.

– Ora! Deixe de besteira. Os moradores dessa fazenda são tão ruins que podem ter matado o próprio burro a pauladas.

– E por que diriam que o lobo o comeu?

– Para que ninguém saiba que eles o mataram.

– Ainda assim, acho melhor levarmos nossos bois.

– Faça como quiser, irmão; por mim, tanto faz.

Eu não ousava me mexer no meu canto, de tanto medo de que me vissem. Felizmente, a vegetação estava alta e me escondia. Os bois não estavam perto de onde eu estava deitado, pois tinham sido conduzidos até a barreira e depois à fazenda onde moravam seus donos.

Eu não tinha medo dos tais lobos, já que o burro de quem estavam falando era eu mesmo e que não vi nem o rabo de um único lobo na floresta onde passei a noite. Então, dormi maravilhosamente bem e estava terminando meu almoço quando os bois voltaram para a campina: dois cães enormes vinham na frente deles. Eu os observava tranquilamente quando um dos cães me avistou, latiu com um tom ameaçador e correu em minha direção; o companheiro dele o seguiu. E agora? Como escapar? Corri para as cercas que delimitavam a pastagem, que era atravessada pelo riacho pelo qual cheguei; tive a feliz ideia de pular por cima das cercas e ouvi a voz de um dos homens do dia anterior chamando seus cães de volta. Continuei meu caminho com calma e fui até uma outra floresta, cujo nome desconheço. Eu devia estar a mais de dez léguas da fazenda de Haies: estava a salvo, ninguém mais me reconheceria e eu poderia me expor sem medo de ser devolvido para meus antigos donos.

MEUS NOVOS DONOS

Vivi tranquilo naquela floresta por um mês. É verdade que às vezes eu ficava entediado, mas era melhor viver sozinho que infeliz. Então, eu estava apenas mais ou menos feliz quando me dei conta de que a vegetação estava diminuindo e secando; as folhas estavam caindo, a água estava gelada, o solo estava úmido.

"E agora?", pensei. "O que vou fazer? Se ficar aqui, vou morrer de frio, de fome e de sede. Mas para onde ir? Quem é que vai querer saber de mim?"

Depois de muito refletir, acreditei ter encontrado um jeito de arranjar abrigo. Saí da floresta e caminhei em direção a um pequeno vilarejo bem perto dali. Vi uma casinha isolada e ajeitada; uma mulher que parecia ser bondosa estava sentada em frente à porta, fiando. Fiquei comovido com aquele semblante de bondade e de tristeza; aproximei-me dela e encostei minha cabeça em seu ombro. A mulher deu um grito, levantou-se rapidamente de sua cadeira e pareceu assustada. Eu não me mexi; observei-a com um olhar de doçura e de súplica.

– Pobre bicho! – disse ela por fim. – Você não parece malvado. Se não for de ninguém, ficarei contente em tê-lo para substituir meu pobre e velho

Grison, que morreu de velhice. Posso voltar a ganhar minha vida vendendo meus legumes no mercado. Mas... você deve ter um dono – acrescentou ela, suspirando.

– Com quem a senhora está falando, vovó? – disse uma voz doce que vinha do interior da casa.

– Estou conversando com um burro que veio se aninhar em meu ombro e que está me olhando com uma cara tão doce que não tenho coragem de expulsá-lo.

– Vamos ver – disse a voz de criança.

Imediatamente, vi sob o batente da porta um bonito menino de seis ou sete anos. Ele estava vestido com roupas simples, mas muito limpas. Olhou-me com um olhar curioso e pensativo.

– Posso fazer carinho nele, vovó? – disse ele.

– Claro que pode, Georget, mas tome cuidado para não ser mordido.

O menino esticou o braço e, como não me alcançava, deu um passo à frente, depois outro, e conseguiu acariciar meu lombo.

Eu não me mexia, pois tinha medo de assustá-lo. Apenas virei minha cabeça para ele e lambi sua mão.

Georget: – Vovó, vovó, como parece bonzinho, esse burrinho! Ele lambeu minha mão!

Avó: – É estranho que ele esteja sozinho. Onde está o dono dele? Georget, vá ao vilarejo e ao albergue onde se hospedam os viajantes e pergunte-lhes a quem pertence esse burrinho. Ele deve estar fazendo falta ao dono.

Georget: – Devo levá-lo comigo, vovó?

Avó: – Ele não o seguirá, deixe-o ir aonde quiser.

Georget saiu correndo; fui trotando atrás dele. Quando ele viu que eu o seguia, veio até mim e, acariciando-me, disse: – Já que você está me seguindo, burrinho, será que me deixará subir em seu lombo? E, pulando em cima de mim, disse: – *Eia! Eia!*

Comecei a galopar devagarinho, deixando Georget fascinado.

– *Eia! Eia!* – fez ele ao passar em frente ao albergue. Parei imediatamente. Georget desceu; fiquei diante da porta, sem me mexer, como se tivesse sido amarrado.

– O que você quer, menino? – perguntou o dono do albergue.

– Vim perguntar, seu Duval, se esse burrinho, que está na porta, não seria do senhor ou de um de seus clientes.

Seu Duval foi até a porta e me olhou com atenção.

– Não, não é meu e nem de ninguém que eu conheça, menino. Continue procurando.

Georget montou de novo em meu lombo; recomecei a galopar e fomos perguntando de porta em porta a quem eu pertencia. Ninguém me reconheceu e voltamos para a casa da bondosa avó, que continuava sentada, a fiar, na frente da casa.

Georget: – Vovó, o burrinho não é de ninguém no vilarejo. O que vamos fazer? Ele não quer sair do meu lado e se afasta quando alguém tenta tocá-lo.

Avó: – Então, Georget, não vamos deixar que ele passe a noite do lado de fora, pois algo de ruim poderia lhe acontecer. Leve-o para o estábulo de nosso pobre Grison e dê-lhe um fardo de feno e um balde de água. Amanhã o levaremos ao mercado, talvez consigamos encontrar o dono dele.

Georget: – E se não encontrarmos, vovó?

Avó: – Ficaremos com ele até que alguém venha procurá-lo. Não podemos deixar esse pobre animal morrer de frio durante o inverno, ou então cair nas mãos de vagabundos que bateriam nele e o deixariam morrer de cansaço e de fome.

Georget me deu de beber e de comer, fez um carinho em mim e saiu. Ouvi-o dizer enquanto fechava a porta:

– Ah! Eu queria que ele não tivesse dono e que ficasse com a gente!

No dia seguinte, Georget me deu almoço e depois colocou um cabresto em minha cabeça. Levou-me até a porta e a avó pôs uma sela muito leve em meu lombo e subiu em mim. Georget trouxe um pequeno cesto de legumes, que ela colocou sobre os joelhos, e saímos para o mercado de Mamers.

A bondosa mulher vendeu todos os legumes, ninguém me reconheceu e voltei com meus novos donos.

Vivi com eles durante quatro anos. Eu era feliz, não fazia mal a ninguém e executava bem meu serviço; amava meu senhorzinho, que nunca me batia; não me deixavam cansado demais e alimentavam-me muito bem. E também não posso deixar de dizer que eu não era muito exigente. No verão, comia cascas de legumes e ervas que os cavalos e as vacas não queriam; no inverno, feno e cascas de batata, de cenoura e de nabo: é só disso de que um burro precisa.

Mas havia dias dos quais eu não gostava: eram os dias em que minha dona me alugava para as crianças da vizinhança. Como não era rica, ela aproveitava para ganhar alguns trocados alugando-me para as crianças da casa vizinha nos dias em que eu não precisava trabalhar. Eles nem sempre eram bondosos.

Vou contar o que me aconteceu uma vez em um desses dias.

A PONTE

Havia seis burros enfileirados no pátio; eu era um dos mais bonitos e mais fortes. Três meninas nos trouxeram aveia em uma vasilha. Enquanto eu comia, escutava as crianças conversando.

Charles: – Meus amigos, vamos escolher nossos burros. Começando por mim, quero este aqui – e apontou-me com o dedo.

– Você sempre escolhe aquele que você acha que é o melhor – disseram ao mesmo tempo as cinco crianças. – Temos que sortear.

Charles: – E como você quer que a gente faça o sorteio, Caroline? Por acaso vamos colocar os burros em um saco e tirá-los como se fossem bolas de gude?

Antoine: – Ah! Deixe de ser besta com essa história de burros no saco! Como se não pudéssemos numerá-los, um, dois, três, quatro, cinco e seis, colocar os números em um saco e sortear um número para cada um!

– É verdade! – gritaram os outros cinco. – Ernest, faça os números enquanto a gente escreve no lombo dos burros.

"Como essas crianças são estúpidas", eu pensava comigo mesmo. "Se tivessem a espertBold de um burro, em vez de se darem ao trabalho de escrever os números em nosso lombo, elas poderiam nos classificar na parede: o primeiro seria o número 1; o segundo, o 2; e assim por diante."

Enquanto isso, Antoine trouxera um enorme pedaço de carvão. Eu era o primeiro; ele escreveu um enorme número 1 em meu traseiro; enquanto ele escrevia o número 2 no traseiro do meu camarada, sacudi-me com força para fazê-lo entender que aquela ideia não era bem-vinda. A marca do carvão se apagou e o número 1 desapareceu.

– Imbecil! – exclamou ele. – Vou ter de fazer de novo.

Enquanto ele refazia o número 1, meu camarada, que viu o que eu fiz e que era perspicaz, também se sacudiu, e então o número 2 sumiu. Antoine começou a ficar zangado; os outros riram e zombaram dele. Fiz um sinal para que meus camaradas o deixassem escrever; nenhum se mexeu. Ernest voltou com os números em um saquinho de pano: cada criança tirou um papel. Enquanto elas liam seus números, fiz um novo sinal aos meus camaradas, e todos nos sacudimos com ainda mais vigor. Sumiu o carvão, sumiram os números; seria preciso recomeçar tudo de novo. As crianças ficaram bravas. Charles começou a rir e a caçoar; Ernest, Albert, Caroline, Cécile e Louise gritaram com Antoine, que deu com os pés no chão. Começaram a brigar uns com os outros; meus camaradas e eu começamos a relinchar. Aquela confusão atraiu os pais e as mães deles. Explicaram-lhes o que havia acontecido. Um dos pais finalmente teve a ideia de nos enfileirar ao longo da parede e mandou as crianças escolherem um número.

– Um! – gritou Ernest. Era eu.

– Dois! – disse Cécile. Era um dos meus amigos.

– Três! – disse Antoine. E assim por diante, até o último.

– Agora vamos – disse Charles. – Eu primeiro.

– Ora essa! Vai ser fácil alcançá-lo – respondeu Ernest com empolgação.

– Aposto que não – rebateu Charles imediatamente.

– E eu aposto que sim – devolveu Ernest.

Charles deu um tapinha em seu burro e saiu galopando. Antes que Ernest pensasse em me dar uma chicotada, também saí, mas a uma velocidade que me permitiu alcançar rapidamente Charles e seu burro. Ernest ficou fascinado, e Charles, furioso. Ele bateu uma, duas vezes em seu burro; Ernest não precisava bater em mim porque eu corria, corria como o vento. Ultrapassei Charles em um minuto; ouvi os outros que vinham atrás, rindo e gritando:

– Muito bem, burro número 1, muito bem! Ele corre como um cavalo.

A vaidade me encheu de coragem e continuei galopando até que chegamos a uma ponte. Parei subitamente ao ver que uma enorme tábua da ponte estava podre. Eu não queria cair na água junto com Ernest, mas sim voltar com os outros, que estavam muito atrás de nós.

– Eia! Eia, burro! – disse Ernest para mim. – Para a ponte, amigo, para a ponte!

Eu resisti e ele me bateu com uma vara.

Continuei caminhando em direção aos outros.

– Teimoso! Besta turrona! Quer fazer o favor de dar meia-volta e atravessar a ponte?

Continuei caminhando em direção aos meus camaradas; juntei-me a eles apesar dos xingamentos e dos golpes que levava daquele menino malvado.

– Por que está batendo no burro, Ernest? – perguntou Caroline. – Ele é formidável. Levou você a toda velocidade e ainda ultrapassou Charles.

– Estou batendo porque ele está teimando em não querer atravessar a ponte – disse Ernest –; resolveu que queria voltar para trás.

– Ah! É porque ele estava sozinho; agora que estamos todos aqui, vai atravessar a ponte, como os outros.

"Infelizes!", eu pensava. "Vão todos cair no rio! Vou ter que mostrar a eles o perigo que existe ali." Voltei a galopar em direção à ponte, para grande satisfação de Ernest e sob os gritos de alegria das crianças.

Galopei até a ponte; ao alcançá-la, parei bruscamente, como se sentisse medo. Ernest, espantado, me mandou continuar. Recuei com um semblante de medo que deixou Ernest ainda mais espantado. O imbecil não enxergava nada, embora a tábua podre estivesse bem à vista. Os outros nos alcançaram e assistiam, rindo, aos esforços de Ernest para me fazer atravessar e aos meus para não atravessar. Eles acabaram descendo de seus burros; todos começaram a me empurrar e a bater em mim sem dó. Não dei um passo.

– Puxem ele pelo rabo! – exclamou Charles. – Burro é tão teimoso que, quando queremos que ele recue, ele avança.

As crianças tentaram pegar minha cauda. Corri para me defender, mas elas se juntaram para me bater. Parei de me mexer.

– Espere, Ernest – disse Charles –; vou atravessar primeiro, seu burro vai me seguir.

Ele quis me ultrapassar, mas fiquei na frente dele, então ele me bateu para que eu saísse do caminho.

"Se é assim", pensei, "se esse menino malvado quer se afogar, que se afogue; fiz o que pude para protegê-lo, mas já que ele insiste tanto, que vá tomar um banho".

Mal o burro pisou na tábua podre, ela quebrou, e Charles e seu burro caíram na água na mesma hora. Para seu companheiro, não havia perigo, já que ele sabia nadar, como todos os burros. Mas Charles se debatia e gritava, sem conseguir sair dali.

– Joguem uma vara! Uma vara! – ele gritou.

As crianças gritavam e corriam para todos os lados. Por fim, Caroline encontrou uma longa vara, pegou-a e estendeu-a para Charles, que a agarrou. O peso dele começou a puxar Caroline para baixo, que gritou por socorro. Ernest, Antoine e Albert correram até ela; com muita dificuldade, conseguiram puxar o infeliz Charles, que bebera mais água do que sua sede pedia e que estava encharcado dos pés à cabeça. Quando ficou fora de perigo, as crianças começaram a rir de sua aparência miserável. Charles ficou bravo; as crianças subiram em seus burros e o aconselharam, rindo, a voltar para casa e trocar de roupa. Ele montou completamente molhado em seu burro. Quanto a mim, eu também estava achando graça daquela figura patética. A corrente levara o chapéu e os sapatos dele, a água escorria até o chão; seus cabelos, molhados, grudavam no rosto; seu semblante furioso era a cereja do bolo que o deixava ainda mais ridículo. As crianças riam e meus camaradas pulavam e corriam para demonstrar a alegria que estavam sentindo.

Devo acrescentar que o burro de Charles era detestado por todos nós, pois era briguento, guloso e estúpido, o que é muito raro entre os burros.

Por fim, Charles foi embora e as crianças e meus camaradas se acalmaram. Todos fizeram carinho em mim e elogiaram minha esperteza; então fomos embora, comigo à frente do bando.

O CEMITÉRIO

Fomos andando tranquilamente e chegamos perto do cemitério do vilarejo, que fica a uma légua de casa. – Vamos dar meia-volta – disse Caroline – e pegar de novo o caminho da floresta?

– Por quê? – perguntou Cécile.

Caroline: – Porque não gosto de cemitério.

Cécile (com um tom caçoador): – E por que você não gosta de cemitério? Tem medo de ficar presa dentro dele?

Caroline: – Não, mas penso nos pobrezinhos que estão enterrados e fico triste.

As crianças zombaram de Caroline e passaram de propósito bem rente ao muro. Quando estavam quase entrando no cemitério, Caroline, que parecia preocupada, fez seu burro parar, desceu e correu até o portão.

– O que você está fazendo, Caroline? Aonde está indo? – gritaram as crianças.

Caroline não respondeu. Empurrou o portão apressada, entrou no cemitério, olhou ao redor e correu em direção a um túmulo que acabara de ser remexido.

Ernest a seguira preocupado e a alcançou bem na hora em que, abaixando-se no túmulo, ela encontrava um pobre menino de três anos cujos gemidos tinha ouvido.

– O que foi, meu pequeno? Por que está chorando?

O menino soluçava e não conseguia responder; era muito bonito e estava vestido miseravelmente.

Caroline: – Por que você está sozinho aqui, meu pequeno?

Criança (soluçando): – Eles me deixaram aqui, estou com fome.

Caroline: – Quem foi que o deixou aqui?

Criança (soluçando): – Os homens vestidos de preto, estou com fome.

Caroline: – Ernest, traga depressa nossos lanches, temos que dar alguma coisa para esse pobrezinho comer; ele vai nos explicar por que está chorando e por que está aqui.

Ernest correu para pegar o cesto de lanches, enquanto Caroline se encarregava de consolar a criança. Poucos minutos depois, Ernest estava de volta, seguido por todo o bando, que fora atraído pela curiosidade. Deram à criança frango frio e pão embebido em vinho; conforme ela comia, suas lágrimas iam secando e seu semblante começava a se tornar mais alegre. Quando ficou satisfeito, Caroline perguntou ao menino por que ele estava deitado naquele túmulo.

Menino: – Deixaram minha avó aqui. Estou esperando ela voltar.

Caroline: – E onde está seu pai?

Menino: – Não sei, não sei quem é ele.

Caroline: – E sua mãe?

Menino: – Não sei, os homens de preto a levaram, assim como levaram a vovó.

Caroline: – Mas quem é que cuida de você?

Menino: – Ninguém.

Caroline: – Quem dá comida para você?

Menino: – Ninguém, minha babá me dava leite.

Caroline: – E onde está sua babá?

Menino: – Lá em casa.
Caroline: – O que ela está fazendo?
Menino: – Caminhando, comendo mato.
Caroline: – Mato? – E todas as crianças se olharam com espanto.
– Então ela é doida? – perguntou Cécile baixinho.
Antoine: – Ele não sabe o que está dizendo, é muito pequeno.
Caroline: – Por que sua babá não veio com você?
Menino: – Ela não consegue, ela não tem braço.
O espanto das crianças duplicou.
Caroline: – Mas então, como é que ela carrega você?
Menino: – Eu subo no lombo dela.
Caroline: – E você dorme com ela?
Menino (sorrindo): – Isso não! Seria muito desconfortável para mim.
Caroline: – Então, onde é que ela dorme? Ela não tem cama?
A criança começou a rir e disse:
– Claro que não! Ela dorme na palha.
– O que ele está dizendo? – perguntou Ernest. – Vamos pedir que ele nos leve à casa dele, vamos ver a tal babá, ela vai explicar o que ele está tentando dizer.
– Confesso que não estou entendendo nada – disse Antoine.
Caroline: – Você sabe como voltar para casa, meu pequeno?
Menino: – Sim, mas não sozinho. Tenho medo dos homens de preto, tem um monte deles no quarto da vovó.
Caroline: – Nós vamos todos juntos, mostre o caminho para a gente.
Caroline montou em seu burro e colocou o menino nos joelhos. Ele indicou o caminho e, cinco minutos depois, chegamos à casinha da dona Thibaut, que morrera no dia anterior e fora enterrada naquela manhã. A criança correu para dentro da casa e chamou: "Babá, babá!". Imediatamente, uma cabra saltou de dentro do estábulo, que ficara aberto, correu até a criança e demonstrou sua alegria em revê-lo com milhares de pulinhos e afagos. A criança a abraçou e disse: "Quero leite". A cabra deitou-se

imediatamente, o menino estendeu-se perto dela e começou a mamar como se não tivesse bebido nem comido.

– Agora a gente sabe quem é a babá – disse Ernest. – O que vamos fazer com essa criança?

– Não podemos fazer nada – disse Antoine – além de deixá-la com sua cabra.

Todas as outras crianças começaram a protestar com indignação.

Caroline: – Seria monstruoso abandonar esse pobrezinho, ele morreria em pouco tempo por falta de cuidado.

Antoine: – Então, o que você quer fazer? Vai levá-lo para casa?

Caroline: – Com certeza; vou pedir à mamãe que descubra quem ele é e se tem pai e mãe; e vou pedir que ele fique em nossa casa até descobrirmos.

Antoine: – E nosso passeio com os burros? Vamos todos voltar para casa?

Caroline: – Claro que não, Ernest vai ser bonzinho e me acompanhar. Vocês continuem o passeio! Ainda estão em quatro, podem muito bem ficar sem mim e sem Ernest.

– Ela está certa – disse Antoine –; vamos voltar aos nossos burros e continuar.

E foram embora, deixando a bondosa Caroline com seu primo Ernest.

– Ainda bem que vocês não me escutaram e quiseram me provocar passando tão perto do cemitério – disse Caroline. – Se não fosse por isso, eu não teria ouvido esse pobrezinho chorar, e ele teria passado a noite inteira no chão frio e úmido!

Ernest montava em mim. Entendi, com minha inteligência de sempre, que precisávamos chegar em casa o mais rápido possível. Então, comecei a galopar, seguido de meu camarada, e chegamos em meia hora. Inicialmente, ficaram assustados com nosso retorno tão rápido. Caroline contou o que tinha acontecido com a criança. Sua mãe não sabia muito bem como agir, mas a mulher do guarda ofereceu-se para criar o menino junto com seu filho, que tinha a mesma idade. A mãe aceitou a oferta e mandou perguntar no vilarejo qual era o nome do menino e o que tinha acontecido com seus pais. Descobriram que o pai morrera no ano anterior, e a mãe seis meses antes; a criança ficara com a velha avó, malvada e avarenta, que morrera no dia anterior. Ninguém havia pensado na criança, que seguira o caixão até o cemitério; do mais, a avó tinha alguns bens, então a criança não era pobre.

Trouxeram a bondosa cabra para a casa do guarda, que criou o menino e fez dele um bom sujeito. Eu o conheço: o nome dele é Jean Thibaut; ele nunca faz mal aos animais, o que demonstra seu bom coração, e gosta muito de mim, o que demonstra sua esperteza.

O ESCONDERIJO

Eu era feliz, como já disse; mas minha felicidade estava prestes a acabar. O pai de Georget era soldado. Quando voltou para casa, trouxe dinheiro, que seu capitão lhe deixara ao morrer, e um crucifixo, presente de seu general. Comprou uma casa em Mamers, levou embora o filho e a velha mãe, e vendeu-me para um vizinho que tinha um pequeno sítio. Fiquei triste por deixar minha boa e velha dona e meu senhorzinho Georget; os dois sempre foram bons para mim, e eu tinha cumprido muito bem todas as minhas obrigações.

Meu novo dono não era ruim, mas tinha uma estúpida mania de querer mandar todo mundo trabalhar, inclusive eu. Ele me atrelava a uma pequena carroça e me fazia carregar terra, estrume, batata e madeira. Eu estava começando a ficar preguiçoso; não gostava de puxar a carroça e, mais que qualquer coisa, não gostava do dia de feira. Não me sobrecarregavam demais e não me batiam, mas nesse dia eu tinha que ficar sem comer até três ou quatro horas da tarde. Quando o calor estava muito forte, eu quase morria de sede e precisava esperar até que tudo fosse vendido, que meu dono recebesse seu dinheiro, que cumprimentasse os amigos e que fosse tomar uma com eles.

Eu não era tão bonzinho naquela época. Queria ser tratado com camaradagem, caso contrário, tentaria me vingar. Vou contar o que pensei um dia: o senhor verá que os burros não são bobos, mas verá também que eu estava começando a ficar maldoso.

No dia da feira, nós nos levantávamos ainda mais cedo que de costume no sítio. Eles colhiam os legumes, preparavam a manteiga, pegavam os ovos. No verão, eu dormia em uma grande campina. Eu via e ouvia aqueles preparativos e sabia que às dez horas da manhã viriam me buscar para me atrelar à pequena carroça, carregada com tudo o que queriam vender. Eu já disse que essa feira me deixava aborrecido e cansado. Notei que na campina havia um fosso cheio de arbustos e de espinhos e pensei que poderia me esconder ali, de forma que não conseguissem me encontrar na hora de sair. No dia da feira, quando vi que começaram as idas e vindas das pessoas do sítio, desci com cuidado no fosso e me escondi tão bem que seria impossível me encontrar. Eu estava ali há uma hora, escondido entre os arbustos e espinhos, quando ouvi o menino me chamando, correndo por todos os lados, e então voltando para o sítio. Ele deve ter contado ao meu dono que eu havia desaparecido, porque pouco tempo depois ouvi a voz dele chamando sua mulher e todos do sítio para me procurar.

– Ele certamente atravessou a cerca – disse uma pessoa.

– Por onde você acha que ele pode ter passado? Não há nenhuma brecha em lugar algum – respondeu outra.

– Alguém deve ter deixado o portão aberto – disse meu dono. – Procurem no campo, crianças, ele não deve estar longe; vão depressa e tragam-no de volta, pois o tempo está passando, vamos chegar muito tarde.

Então eles saíram correndo pelos campos, pelos bosques, chamando por mim. Eu ria baixinho em meu esconderijo e não fazia questão nenhuma de me expor. Os coitados retornaram mal conseguindo respirar, sem fôlego; durante uma hora, procuraram por toda a parte. Meu dono praguejou, disse que com certeza eu tinha sido roubado, que eu era muito estúpido por me deixar ser capturado; mandou atrelar um dos cavalos à carroça e foi embora de péssimo humor. Quando percebi que todos tinham retornado ao trabalho e que ninguém poderia me ver, coloquei a cabeça para fora do meu esconderijo com cuidado, olhei ao redor e, vendo que estava sozinho, saí completamente dele; corri até o outro lado da campina, para que ninguém pudesse descobrir onde eu estivera, e comecei a relinchar com todas as minhas forças.

Ao ouvir aquele barulho, as pessoas do sítio vieram acudir.

– Olha quem está de volta! – exclamou o pastor.

– De onde ele surgiu? – perguntou minha dona.

– Por onde ele veio? – indagou o carroceiro.

Cheio de alegria por ter me livrado da feira, corri em direção àquelas pessoas. Elas me receberam muito bem, fizeram carinho em mim, disseram-me que eu era um bom animal por ter conseguido fugir das garras daqueles que tinham me roubado. Fizeram tantos elogios a mim que fiquei envergonhado, pois sabia que era mais merecedor do porrete que daqueles afagos. Deixaram-me pastar tranquilamente; eu teria passado um dia agradável se minha consciência não estivesse me incomodando, acusando-me por ter enganado meus pobres donos.

Quando o fazendeiro retornou e ficou sabendo da minha volta, ficou muito contente, mas também surpreso. No dia seguinte, deu uma volta pela campina e fechou com cuidado todos os buracos da cerca que a delimitava.

– Ele teria que ser muito fino para escapar de novo – disse ao terminar. – Fechei com espinhos e estacas até as mais ínfimas brechas; nem mesmo um gato conseguiria atravessar.

A semana se passou tranquilamente; ninguém lembrava mais daquela história. No dia de feira seguinte, repeti minha maldosa empreitada e me escondi naquele fosso que me evitava um enorme cansaço e um enorme aborrecimento. Como na última vez, procuraram por mim e ficaram ainda mais assustados, acreditando que algum ladrão muito habilidoso me roubara fazendo-me passar pelo portão.

– Desta vez – disse meu dono com tristeza – ele está definitivamente perdido. Ele não conseguirá fugir uma segunda vez e, mesmo que consiga, não terá como voltar, porque fechei absolutamente todas as brechas da cerca.

E saiu suspirando; mais uma vez, um dos cavalos me substituiu na carroça. Assim como na semana anterior, saí de meu esconderijo quando todo mundo tinha ido embora, mas achei mais prudente não anunciar meu retorno com um *Hi-hoo!*, como fiz na outra vez.

Quando me encontraram comendo tranquilamente a grama da campina e meu dono soube que eu voltara pouco tempo depois de sua partida, percebi que estavam suspeitando de alguma artimanha de minha parte. Ninguém me fez nenhum elogio, olhavam-me com um ar desconfiado, e percebi que estava sendo mais vigiado que antigamente. Fiz pouco caso deles e disse para mim mesmo:

"Meus bons amigos, vocês precisariam ser muito finos para descobrir a peça que lhes preguei; mas sou mais fino que vocês e os enganarei de novo e para todo o sempre."

Então, escondi-me uma terceira vez, muito satisfeito com minha fineza. No entanto, mal havia me encolhido em meu esconderijo quando ouvi um formidável latido do enorme cão de guarda e a voz do meu dono dizendo:

– Pegue, Cão Bravo, insolente, insolente! Desça no fosso, morda as coxas dele, traga-o! Muito bem! Pegue, Cão Bravo!

Cão Bravo, então, jogou-se no buraco e mordeu minhas coxas e minha barriga; ele teria me devorado se eu não tivesse resolvido pular para fora do fosso. Eu estava correndo em direção à cerca para tentar abrir uma passagem quando meu dono, que estava à minha espera, laçou-me com uma corda apertada e me imobilizou imediatamente. Ele estava armado com um chicote, que logo senti na carne; o cão continuava me mordendo e meu dono continuava me chicoteando; eu estava amargamente arrependido pela minha preguiça. Por fim, o homem mandou Cão Bravo embora, parou de me bater, desatou o laço, colocou um cabresto em mim e levou-me, completamente acanhado e ferido, para me atrelar à carroça que me aguardava.

Soube depois que um dos meninos ficara na estrada, perto do portão, para abrir para mim caso eu retornasse; ele me viu saindo do fosso e contou ao pai. Traidorzinho!

Tive muito raiva dele porque achei aquilo uma maldade, mas um dia meus fracassos e minha experiências fizeram de mim um burro melhor.

Daquele dia em diante, passaram a ser muito mais severos comigo. Tentaram me deixar preso, mas eu sempre dava um jeito de abrir qualquer portão com meus dentes: se fosse um gancho, eu levantava; se fosse uma maçaneta, eu girava; se fosse um ferrolho, eu puxava. Eu entrava em qualquer lugar e saía de qualquer lugar. Meu dono me xingava, ralhava, batia em mim: ele estava começando a se tornar ruim para mim, e eu era cada vez pior para ele. O erro que cometi me tornara infeliz; eu comparava aquela vida miserável com a que eu levava antigamente naquele mesmo sítio. Porém, em vez de me endireitar, eu ficava cada dia mais teimoso e maldoso. Um dia, entrei na horta e comi todas as alfaces; outro dia, derrubei o menino que me denunciara; outra vez, devorei todo o creme de uma bacia que tinham colocado do lado de fora para fazer manteiga. Eu esmagava as galinhas e os pintinhos, mordia os porcos; no fim, tornei-me tão malvado que minha dona pediu ao marido que me vendesse na feira de Mamers, que deveria acontecer em quinze dias. Eu estava magro e tinha uma aparência miserável de tanto apanhar e ganhar comida ruim. Para me vender por um preço melhor, quiseram deixar-me em bom estado, como dizem os fazendeiros. Proibiram os trabalhadores do sítio e as crianças de me maltratar; não me fizeram mais trabalhar e me alimentaram muito bem: fui muito feliz durante aqueles quinze dias. Meu dono me levou à feira e me vendeu por cem francos. Ao deixá-lo, eu bem que quis lhe dar uma boa mordida, mas tive medo de deixar meus novos donos com uma má impressão a meu respeito e contentei-me em dar-lhe as costas com um gesto de desprezo.

O Medalhão

Fui comprado por um senhor e por uma senhora que tinham uma filha de doze anos que estava sempre doente e entediada. Ela vivia sozinha no campo, porque não tinha amigas de sua idade. O pai não lhe dava atenção; a mãe a amava muito, mas não suportava ver a menina oferecer seu amor a mais ninguém, nem mesmo aos animais. No entanto, como o médico prescrevera um pouco de distração, ela pensou que passeios de burro a distrairiam o bastante. Minha pequena dona chamava-se Pauline; ela era triste e ficava doente o tempo todo. Era muito doce, muito bondosa e muito bonita. Todos os dias ela montava em mim; eu a levava para passear nas belas ruazinhas e nos belos bosques que eu conhecia. No início, um empregado ou uma criada a acompanhava, mas quando viram como eu era manso, bonzinho e cuidadoso com minha pequena dona, começaram a deixá-la ir sozinha. Ela me chamava de Cadichon: esse nome ficou comigo.

– Vá passear com Cadichon – dizia-lhe seu pai. – Com um burro como esse, não há perigo; ele é tão esperto quanto um humano e sempre a trará de volta para casa.

Então, saíamos juntos. Quando ela se cansava de andar, eu me inclinava perto de algum montinho de terra ou descia em algum declive para que ela conseguisse subir em meu lombo sem dificuldade. Eu a levava para perto de aveleiras carregadas; parava para deixá-la colher as avelãs à vontade. Minha pequena dona me amava muito, cuidava de mim e me dava carinho. Quando chovia e não podíamos sair, ela vinha me ver em meu estábulo; trazia pão, erva fresca, folhas de alface, cenouras; ela conversava comigo, acreditando que eu não a compreendia, e me contava suas pequenas mágoas; às vezes chorava.

– Meu pobre Cadichon – ela dizia –, você é só um burro e não pode me entender, mesmo assim, você é meu único amigo, porque é só a você que posso dizer tudo o que penso. Mamãe me ama, mas é ciumenta; ela não quer que eu goste de mais ninguém além dela; não conheço ninguém e estou entediada aqui.

Pauline chorava e fazia carinho em mim. Eu também a amava e tinha pena daquela pobrezinha. Quando ela estava perto de mim, eu tinha o cuidado de não me mexer, pois tinha medo de machucá-la com meus pés.

Um dia, vi Pauline correr em minha direção radiante de alegria.

– Cadichon, Cadichon – ela exclamou –, mamãe me deu um medalhão com uma mecha de cabelo dela; também quero uma mecha sua para colocar nele, porque você também é meu amigo e eu amo você; assim terei as mechas dos cabelos daqueles que mais amo no mundo.

Então, Pauline cortou alguns pelos da minha crina, abriu seu medalhão e colocou-os junto dos cabelos de sua mãe.

Eu estava feliz em ver o quanto Pauline me amava; estava orgulhoso de ver meus pelos em um medalhão, mas devo confessar que eles não pareciam muito bonitos. Eram grisalhos, duros e espessos e acabavam deixando os cabelos da mãe com um aspecto rude e assustador. Pauline não reparou nisso; ela rodopiava por todos os lados e admirava seu medalhão quando sua mãe entrou.

– O que você está olhando? – ela perguntou.

– Meu medalhão, mamãe – respondeu Pauline, tentando disfarçá-lo.

Mãe: – Por que você o trouxe aqui?

Pauline: – Para mostrá-lo a Cadichon.

Mãe: – Que bobagem! Pauline, preciso dizer que você está exagerando com Cadichon! Como se ele pudesse entender o que é um medalhão de cabelo...

Pauline: – Eu garanto, mamãe, que ele entende muito bem; ele até lambeu minha mão quando... quando...

Pauline enrubesceu e se calou.

Mãe: – E então? Por que não termina sua frase? Por que Cadichon lambeu sua mão?

Pauline (envergonhada): – Mamãe, prefiro não dizer; tenho medo de que a senhora fique brava.

Mãe (brava): – O que houve? Diga de uma vez por todas. Que besteira você fez desta vez?

Pauline: – Não foi uma besteira, mamãe, pelo contrário.

Mãe: – Então, do que você está com medo? Aposto que deu aveia para Cadichon e o deixou doente.

Pauline: – Não, não dei nada para ele, pelo contrário.

Mãe: – Como assim, pelo contrário? Ouça bem, Pauline, estou perdendo a paciência; diga-me logo o que você fez e por que saiu de perto de mim há mais de uma hora.

O trabalho com meus pelos realmente durou um bom tempo. Foi preciso descolar o papel da parte de trás do medalhão, tirar o vidro, arrumar os pelos e colocar tudo de volta no lugar.

Pauline pensou por um instante; então, disse em voz bem baixa e muito hesitante:

– Cortei alguns pelos de Cadichon para...

Mãe (impaciente): – Para? Vamos, termine de uma vez! Para fazer o quê?

Pauline (muito baixo): – Para colocar no medalhão.

Mãe (brava): – Em qual medalhão?

Pauline: – No que a senhora me deu.

Mãe (ainda brava): – No que eu lhe dei com meu cabelo? E o que você fez com meu cabelo?

– Ainda estão nele, veja – respondeu a pobre Pauline mostrando o medalhão.

– Meu cabelo misturado com os pelos de um burro! – exclamou a mãe com indignação. – Isso é demais para mim! Você não merece, senhorita, o presente que eu lhe dei. Colocar-me no mesmo patamar de um burro! Oferecer a um burro a mesma ternura que a mim!

E, arrancando o medalhão das mãos da pobre Pauline, que estava estupefata, jogou-o no chão, pisou em cima dele e o deixou em mil pedaços. Então, sem olhar para sua filha, saiu do estábulo, fechando a porta com violência.

Pauline, surpresa, assustada com aquela súbita raiva, ficou imóvel por um momento. Não demorou para explodir em uma crise de choro e, lançando-se em meu pescoço, me disse:

– Cadichon, Cadichon, está vendo como sou tratada? Não querem que eu goste de você, mas eu o amarei apesar deles e mais que a eles, porque você sim é bondoso, nunca fica bravo comigo; você nunca me traz nenhum sofrimento e sempre tenta me deixar alegre em nossos passeios. Que tristeza! Cadichon, é uma pena que você não possa me entender nem conversar comigo! Eu lhe diria tantas coisas!

Pauline se calou, jogou-se no chão e continuou chorando baixinho. Eu estava comovido e entristecido por seu sofrimento, mas não a podia consolar nem mostrar que a compreendia. Eu sentia uma grande raiva daquela mãe que, por inocência ou por amar demais sua filha, acabava tornando-a infeliz. Se eu pudesse, eu a teria feito compreender o sofrimento que ela estava causando em Pauline, o mal que estava fazendo àquela saúde tão frágil; mas como eu não podia falar, fiquei observando com tristeza as lágrimas que Pauline derrubava. Menos de quinze minutos após a saída da mãe, uma empregada abriu a porta, chamou Pauline e disse:

– Senhorita, sua mãe está chamando, ela não quer que você fique no estábulo de Cadichon, nem mesmo que entre aqui.

– Cadichon, meu pobre Cadichon! – exclamou Pauline. – Não querem mais que eu o veja!

– Querem sim, senhorita, mas apenas quando for passear; sua mãe disse que seu lugar é na sala, e não no estábulo.

Pauline não respondeu, pois sabia que sua mãe desejava ser obedecida; ela abraçou-me uma última vez; senti suas lágrimas deslizarem em meu pescoço. Saiu e não voltou mais. Depois desse acontecimento, Pauline ficou ainda mais pálida e doentinha; ela tinha muita tosse; eu a via ficando cada vez mais pálida e magra. A época de chuva deixou nossos passeios mais raros e menos longos. Quando me levavam à porta da casa, Pauline montava em meu lombo sem falar comigo; mas, quando estávamos longe do alcance dos outros, ela descia, fazia carinho em mim e me contava suas tristezas de todos os dias para aliviar seu coração, imaginando que eu não a compreendia. Foi assim que fiquei sabendo que sua mãe estava de mau humor e rabugenta desde a história do medalhão, que Pauline estava mais triste e aborrecida do que nunca e que a doença que a afligia se agravava a cada dia.

O INCÊNDIO

Uma noite, quando estava pegando no sono, fui despertado por gritos: *Fogo!* Preocupado e assustado, tentei me livrar da corda que me prendia, mas, por mais que eu tentasse arrancá-la, rolando no chão, a maldita corda não se rompia. Finalmente, tive a feliz ideia de cortá-la com meus dentes: consegui depois de algum esforço. A luz do incêndio iluminava meu pobre estábulo; os gritos e o barulho aumentavam. Eu ouvia os lamentos dos empregados, os estalos das paredes, os pisos que desmoronavam, os zumbidos das chamas. A fumaça já estava invadindo meu estábulo, mas ninguém se lembrou de mim; ninguém teve a atitude caridosa de ao menos abrir a porta para que eu pudesse escapar. A violência das chamas começava a aumentar; eu sentia um calor incômodo que estava começando a me sufocar.

"Está tudo acabado", pensei, "estou condenado a queimar vivo; que morte horrenda! Ó, Pauline! Minha dona querida! Você se esqueceu do seu pobre Cadichon".

Mal eu tinha pronunciado, ou melhor, pensado nessas palavras, a porta foi aberta com violência e ouvi a voz aterrorizada de Pauline me chamando.

Feliz por estar sendo salvo, corri em direção a ela. Estávamos quase atravessando a porta quando um assustador estalo nos fez recuar. Uma construção em frente ao meu estábulo tinha desabado; os destroços bloqueavam completamente uma passagem; minha pobre dona poderia morrer por ter tentado me salvar. A fumaça, a poeira do desmoronamento e o calor nos sufocavam. Pauline caiu perto de mim. Tive uma ideia arriscada, mas que poderia ser nossa única chance de salvação. Prendi com os dentes o vestido da minha pequena dona, quase desmaiada, e avancei através das vigas em chamas que cobriam o chão. Tive a sorte de fazer essa travessia sem que o vestido dela pegasse fogo; quando parei para ver qual era a direção que devia tomar, tudo queimava ao nosso redor. Desesperado, desanimado, estava prestes a pôr Pauline no chão, completamente desmaiada, quando percebi um porão aberto; corri para lá, sabendo que estaríamos em segurança naqueles porões protegidos da casa. Coloquei Pauline perto de uma bacia cheia de água para que ela pudesse molhar o rosto e as têmporas quando recuperasse os sentidos, o que não demorou para acontecer. Quando percebeu que estava salva e protegida de qualquer perigo, ela se ajoelhou e fez uma comovente oração para agradecer a Deus por tê-la preservado de tão terrível perigo. Depois, ela me agradeceu com uma ternura e uma gratidão que me deixaram emocionado. Tomou alguns goles de água da bacia e prestou atenção no barulho ao redor. O fogo continuava sua devastação, tudo estava em chamas; alguns gritos ainda eram ouvidos, mas muito distantes, e sem que as vozes pudessem ser reconhecidas.

– Mamãe e papai, coitadinhos! – disse Pauline. – Devem estar pensando que morri quando os desobedeci e fui atrás de Cadichon. Agora, preciso esperar o fogo se apagar. Certamente passaremos a noite neste porão. Meu bom Cadichon – ela acrescentou –, é graças a você que estou viva.

Ela parou de falar; vi que adormeceu sentada em um caixote, com a cabeça apoiada em um barril vazio. Eu estava cansado e com sede. Bebi a água da bacia; deitei-me perto da porta e não demorei para adormecer.

Acordei quando o dia estava nascendo. Pauline ainda dormia. Levantei-me sem fazer barulho, fui até a porta e a abri. Tudo estava em cinzas e o fogo estava apagado; poderíamos facilmente passar por cima dos escombros e atravessar o pátio da casa. Fiz um leve *Hi-hoo!* para acordar minha dona. No mesmo instante, ela abriu os olhos e, ao me ver perto da porta, correu até mim e olhou ao redor.

– Tudo está queimado! – disse ela com tristeza. – Tudo está perdido! Nunca mais verei esta casa de novo, vou morrer antes que ela seja reconstruída, sei disso; estou fraca e doente, muito doente, não importa o que mamãe diga…

– Venha, meu Cadichon – continuou após permanecer pensativa e imóvel por alguns instantes –, venha, vamos sair agora mesmo; preciso encontrar mamãe e papai para tranquilizá-los. Eles pensam que estou morta!

Ela abriu espaço com cuidado em meio às pedras caídas, às paredes desmoronadas, às vigas ainda fumegantes. Fui atrás dela e logo chegamos ao gramado; ali ela subiu em meu lombo e me dirigi ao vilarejo. Não demoramos para encontrar a casa onde os pais de Pauline se refugiaram. Como acreditavam que tinham perdido sua filha, estavam sofrendo muito.

Quando a avistaram, gritaram de alegria e correram em direção à menina. Ela lhes contou como a salvei com inteligência e coragem.

Em vez de correr em minha direção, agradecer-me, acariciar-me, a mãe me olhou com indiferença; o pai nem mesmo se dignou a olhar para mim.

– Foi graças a ele que você quase morreu, minha pobre criança – disse a mãe. – Se não fosse sua ideia louca de abrir o estábulo dele e desamarrá-lo, seu pai e eu não teríamos passado uma noite de tanto sofrimento.

– Mas – retomou Pauline com firmeza – foi ele que me…

– Cale-se, cale-se – disse a mãe, interrompendo-a –; não me fale mais desse animal que eu detesto e que quase provocou sua morte.

Pauline suspirou, olhou-me com tristeza e se calou.

Desde aquele dia, nunca mais a vi. O susto que o incêndio lhe causara, o cansaço de uma noite passada fora da cama e principalmente o frio do porão aumentaram o mal que a afligia havia muito tempo. A febre tomou conta dela durante o dia e nunca mais a abandonou. Puseram-na em uma cama da qual não poderia levantar. O frio da noite anterior concluiu o que a tristeza e a solidão haviam começado: seus pulmões, que já estavam doentes, terminaram seu trabalho, e ela morreu um mês depois, sem lamentar a vida e sem temer a morte. Muitas vezes, quando delirava, ela falava de mim e chamava por mim. Ninguém se preocupava comigo; eu comia o que encontrava e dormia ao relento, apesar do frio e da chuva. Quando vi sair da casa o caixão que levava o corpo da pobrezinha, fui tomado por uma imensa dor, abandonei aquele vilarejo e nunca mais voltei.

A CORRIDA DE BURROS

Eu estava vivendo miseravelmente por causa do frio; escolhi como morada uma floresta onde mal conseguia encontrar o suficiente para não morrer de fome e de sede. Quando o frio congelava os riachos, eu comia neve, só tinha cardos para comer, e dormia sob os pinheiros. Eu comparava minha triste vida de então com a que tive na casa de meu dono Georget e até mesmo na do fazendeiro ao qual me venderam; fui feliz ali, mas me deixei levar pela preguiça, pela maldade e pela vingança. Eu não tinha nenhum meio de sair daquela situação miserável, já que queria continuar sendo livre e dono dos meus atos. Ainda assim, de vez em quando eu ia aos arredores de um vilarejo perto da floresta para descobrir o que estava acontecendo no mundo.

Um dia, na primavera, quando o sol estava de volta, fiquei surpreso ao encontrar uma enorme movimentação. O vilarejo estava com ares de festa; as pessoas caminhavam em bandos, todas usando suas roupas de domingo. O que mais me deixou surpreso foi que todos os burros do vilarejo estavam reunidos ali. Cada um dos burros tinha um dono que o segurava pela rédea;

todos estavam penteados e escovados; vários tinham flores na cabeça e ao redor do pescoço, e nenhum tinha nem sela nem arreio.

"Que curioso!", pensei. "Mas hoje não é dia de feira. O que podem estar fazendo aqui todos esses meus camaradas, tão limpinhos e aprumados? E como são gorduchos! Devem ter sido bem alimentados no inverno".

Ao dizer essas palavras, olhei para mim mesmo. Observei meu lombo, minha barriga, meu traseiro. Eu estava magro, despenteado e com os pelos arrepiados, mas me sentia forte e cheio de vigor.

"Prefiro", eu pensava, "ser feio, mas ágil e saudável; meus camaradas, que são tão belos, tão gordos e tão bem cuidados, não suportariam o cansaço e a privação que vivi durante todo o inverno".

Aproximei-me para descobrir o que significava aquela reunião de burros quando um dos meninos que os seguravam me avistou e começou a rir.

– Ora essa! – exclamou ele. – Vejam, meus amigos, o belo burro que chegou. Está bem penteado!

– Bem cuidado e bem alimentado também! – exclamou outro. – Veio para a corrida?

– Ah! Se ele quiser, pode correr – disse um terceiro –; não há nenhuma chance de que ele ganhe o prêmio.

Essas palavras provocaram uma gargalhada geral. Fiquei contrariado, descontente com as brincadeiras estúpidas daqueles meninos, mas ao menos descobri que se tratava de uma corrida. Mas quando e como ela aconteceria? É o que eu queria saber, então continuei escutando e fingindo que não entendia nada do que eles diziam.

– Já está na hora? – perguntou um dos jovens.

– Não sei de nada, estamos aguardando o prefeito.

– Onde os burros vão correr? – perguntou uma simpática mulher que chegou.

Jeannot: – Na grande campina do moinho, dona Tranchet.

Dona Tranchet: – Quantos burros vão participar?

Jeannot: – Somos dezesseis, sem contar a senhora, dona Tranchet.

Aquela brincadeira provocou novas gargalhadas.

Dona Tranchet (rindo): – Você é muito espertinho. E o que o primeiro colocado vai ganhar?

Jeannot: – Primeiramente, a honra, depois, um relógio de prata.

Dona Tranchet: – Eu queria ser uma mula para ganhar o relógio; nunca pude comprar um.

Jeannot: – Ué! Se a senhora tivesse trazido um burrinho, poderia ter alguma chance.

E todos riram ainda mais.

Dona Tranchet: – E onde é que vou arranjar um burrinho? Você acha que alguma vez já tive a condição de pagar por um e alimentá-lo?

Aquela mulher simpática me agradava, pois parecia boa e alegre. Então, decidi que ganharia o relógio para ela. Eu estava muito acostumado a correr, porque fazia longas corridas todos os dias na floresta para me aquecer; também já tive, antigamente, a fama de correr tão rapidamente e por tanto tempo quanto um cavalo.

"Vejamos", pensei, "vou tentar; se eu perder, não perco nada; se ganhar, darei um relógio à dona Tranchet, que o deseja muito".

Saí trotando devagarinho e me posicionei ao lado do último burro; respirei fundo e comecei a relinchar com força.

– Opa, opa! Meu amigo – gritou André –, vamos parar com isso? Vá pastar, burrico, você não tem dono, está despenteado, não pode correr.

Eu me calei, mas não dei um passo. Alguns riram, outros ficaram irritados. Estavam começando a discutir quando a dona Tranchet exclamou:

– Se ele não tem dono, agora vai ter uma dona. Estou lembrando dele; é Cadichon, o burro da pobrezinha da Pauline. Ele foi expulso quando a coitadinha não estava mais lá para protegê-lo, e tenho certeza de que viveu na floresta durante todo o inverno, porque ninguém o viu desde então. Então, hoje ele está ao meu serviço, vai correr para mim.

– Cadichon! – exclamaram de todos os lados. – Já ouvi falar desse famoso Cadichon.

Jeannot: – Mas se a senhora quiser que ele corra, dona Tranchet, terá que colocar uma moeda branca de cinquenta centavos no saco da corrida.

Dona Tranchet: – Não seja por isso, minhas crianças. Aqui está minha moeda – acrescentou, desamarrando uma ponta de seu lenço –; mas não me peçam mais, porque não tenho muitas.

Jeannot: – Não se preocupe! Não é preciso, porque o vilarejo inteiro colocou uma moeda no saco: ele já tem mais de cem francos!

Aproximei-me da dona Tranchet; dei uma pirueta, um salto e um coice com um ar tão exibido que os meninos começaram a temer que eu ganhasse o prêmio.

– Ouça, Jeannot – disse André em voz baixa –, você errou em deixar a dona Tranchet colocar a moeda no saco. Agora ela pode fazer Cadichon correr, e ele me parece bem alerta e disposto a levar nosso relógio e nosso dinheiro.

Jeannot: – Ora essa, deixe de ser tonto! Não está vendo a cara desse coitado? Cadichon vai nos fazer rir, não irá longe, acredite.

André: – Não sei de nada. E se eu desse aveia a ele para fazê-lo ir embora?

Jeannot: – E quanto ao dinheiro da dona Tranchet?

André: – Depois que o burro sumir, a gente devolve.

Jeannot: – E para dizer a verdade, Cadichon não é mais dela do que meu ou seu. Vá buscar um punhado de aveia e leve-o para longe sem que a dona Tranchet perceba.

Eu tinha ouvido e entendido tudo aquilo; então, quando André voltou com um punhado de aveia no avental, em vez de ir na direção dele, aproximei-me da dona Tranchet, que conversava com amigos. André me seguiu; Jeannot pegou-me pelas orelhas e me fez virar a cabeça, pensando que eu não estava vendo a aveia. Não fiz nenhum movimento, apesar da vontade que eu sentia de comer um pouquinho. Jeannot começou a me puxar, André a me empurrar, e eu comecei a relinchar com a minha melhor voz. A dona Tranchet se virou e percebeu o truque de André e de Jeannot.

– Não é certo o que vocês estão fazendo, crianças. Se me fizeram colocar minha pobre moeda branca no saco da corrida, não podem tirar Cadichon de mim. Pelo que estou vendo, vocês estão com medo dele.

André: – Medo? De um burrico sujo como esse? Ah! Não, não por isso, não temos medo.

Dona Tranchet: – E por que vocês estavam tentando levá-lo?

André: – Para dar a ele um pouquinho de aveia.

Dona Tranchet (com um ar caçoador): – Essa é nova! Quanta gentileza. Coloquem no chão, para que ele coma à vontade. E eu que estava achando que vocês queriam lhe dar um pouquinho de maldade! Vejam como nos enganamos.

André e Jeannot estavam envergonhados e contrariados, mas não ousaram demonstrar. Seus amigos riam ao vê-los sendo pegos no flagra; a dona Tranchet esfregava as mãos e eu fiquei extasiado. Comi minha aveia com avidez, sentindo que recuperava minhas forças enquanto comia; estava feliz com a dona Tranchet e, depois de ter devorado tudo, mal podia esperar para correr. Finalmente, começou um grande tumulto, porque o prefeito estava chegando para dar a ordem de posicionar os burros. Eles foram organizados em linha; modesto, posicionei-me no último lugar. Quando apareci sozinho, todos se perguntaram quem eu era, de quem eu era.

– Não é de ninguém – disse André.

– Ele é meu! – gritou a dona Tranchet.

Prefeito: – Nesse caso, a senhora precisa colocar uma moeda no saco da corrida, dona Tranchet.

Dona Tranchet: – Já coloquei, senhor prefeito.

– Então, inscrevam a dona Tranchet – disse o prefeito.

– Já está inscrita, senhor prefeito – respondeu o escrivão.

– Ótimo – retomou o prefeito. – Tudo está pronto? Um, dois, três! Vão!

Os meninos que estavam segurando seus burros os liberaram com uma forte chicotada. Todos partiram. Apesar de não ter ninguém me segurando, fui honesto e esperei para começar a correr, então todos tinham um pouco de vantagem em relação a mim. Mas eles não tinham dado mais que cem passos quando os alcancei. Consegui ficar à frente do bando sem precisar de muito esforço para ultrapassá-lo. Os meninos gritavam e estalavam os chicotes para incentivar seus burros. De vez em quando, eu olhava para trás para ver aquelas caras estarrecidas, para contemplar meu sucesso e para rir de todo aquele esforço. Meus camaradas, furiosos por estarem perdendo para um pobre desconhecido com cara de dar dó, redobraram seus esforços para me alcançar, me ultrapassar e bloquear o caminho uns dos outros. Eu ouvia atrás de mim gritos selvagens, coices, mordidas; duas vezes fui alcançado, quase ultrapassado pelo burro de Jeannot. Eu deveria ter empregado os mesmos meios que ele usou para ultrapassar meus camaradas, mas eu menosprezava aquelas artimanhas desleais. Percebi que eu não deveria me descuidar se não quisesse ser derrotado. Com um forte impulso, ultrapassei meu último rival. No mesmo instante, ele me segurou pela cauda; a dor quase me fez cair, mas a honra do triunfo me encorajou a escapar daqueles dentes, deixando na boca dele um pedaço da minha cauda. O desejo de vingança me deu asas. Corri com tamanha velocidade que cheguei ao final não apenas em primeiro lugar, mas muito à frente de todos os meus rivais. Eu estava sem fôlego, esgotado, mas feliz e triunfante. Escutava com alegria os aplausos dos milhares de espectadores que estavam ao redor da campina. Caminhei empertigado e cheio de orgulho até a tribuna do prefeito, que entregaria o prêmio. A simpática dona Tranchet veio em minha direção, acariciou-me e prometeu-me uma boa porção de aveia. Ela estava estendendo a mão para receber o relógio e o saco de dinheiro que o prefeito lhe entregaria quando André e Jeannot chegaram correndo e gritando:

– Pare, seu prefeito, não é justo! Ninguém conhece esse burro; ele não pertence mais à dona Tranchet que ao primeiro que chegou aqui. Esse burro não vale, foi o meu que chegou em primeiro lugar, junto com o de Jeannot; o relógio e o saco devem ser nossos.

– A dona Tranchet não colocou a moeda dela no saco da corrida?

– Colocou, seu prefeito, mas...

– Alguém foi contra quando ela fez isso?

– Não, seu prefeito, mas...

– No momento da largada, vocês dois foram contra?

– Não, seu prefeito, mas...

– Então o burro da dona Tranchet ganhou legitimamente o relógio e o saco.

– Seu prefeito, reúna o conselho municipal para julgar a questão, o senhor não pode fazer isso por conta própria.

O prefeito pareceu ficar em dúvida. Quando percebi que ele estava indeciso, em um movimento brusco peguei o relógio e o saco com meus dentes e os coloquei nas mãos da dona Tranchet, que aguardava a decisão do prefeito preocupada e trêmula.

Essa atitude inteligente fez os mais risonhos ficarem do nosso lado e valeu-me uma enxurrada de aplausos.

– Eis que a questão foi decidida pelo vencedor em favor da dona Tranchet – disse o prefeito rindo. – Cavalheiros do conselho municipal, deliberemos à mesa se eu tinha o direito de deixar o burro fazer justiça. Meus amigos – disse com ironia para André e Jeannot –, acredito que o mais burro entre nós não é o da dona Tranchet.

– Muito bem! Muito bem, seu prefeito – gritaram de todos os lados.

E todo mundo desatou a rir, menos André e Jeannot, que foram embora mostrando-me os punhos.

Quanto a mim, eu estava contente? Não. Meu orgulho estava ferido; eu achava que o prefeito tinha sido insolente ao acreditar que insultava meus inimigos ao chamá-los de burros. Ingrato, covarde. Fui corajoso, moderado, paciente e esperto, e aquela foi a minha recompensa? E depois de ter sido insultado, ainda fui abandonado. A própria dona Tranchet, em sua alegria por ter um relógio e cento e trinta e cinco francos, esqueceu de seu benfeitor, não lembrou de sua promessa de me deleitar com uma boa porção de aveia e foi embora com a multidão sem me dar uma recompensa que eu tanto tinha feito por merecer.

OS BONS DONOS

Fiquei sozinho no campo, triste e com muita dor na cauda. Eu estava me perguntando se os burros eram melhores que os homens quando senti uma suave mão me acariciar e uma voz doce me dizer:

– Pobre burro! Trataram você mal! Venha, coitadinho, venha à casa da vovó; ela o alimentará e cuidará melhor de você que seus donos malvados. Pobrezinho! Como está magrinho!

Virei para trás e vi um bonito menino de cinco anos; sua irmã, que parecia ter três anos, vinha correndo com a babá.

Jeanne: – Jacques, o que você está dizendo para esse burrinho?

Jacques: – Estou dizendo a ele para vir morar na casa da vovó. Ele está completamente sozinho, coitadinho!

Jeanne: – Sim, Jacques, pegue ele. Espere, vou montar nele. Babá, babá, montar nele!

A babá colocou a menina em meu lombo; Jacques queria me levar, mas eu não tinha rédeas.

– Espere, babá – disse ele –, vou amarrar meu lenço no pescoço dele.

O pequeno Jacques tentou, mas meu pescoço era grosso demais para seu pequeno lenço. A simpática babá ofereceu o dela, mas era curto demais.

– O que vamos fazer, babá? – perguntou Jacques quase chorando.

Babá: – Vamos ao vilarejo pedir um cabresto ou uma corda. Venha, minha pequena Jeanne, desça do burro.

Jeanne (agarrando-se ao meu pescoço): – Não, não quero descer; quero ficar em cima do burro, quero que ele me leve para casa.

Babá: – Mas não temos cabresto para fazê-lo andar. Você está vendo que ele está tão imóvel quanto um burro de pedra.

Jacques: – Espere, babá, você vai ver. Para começar, eu sei que ele se chama Cadichon: a dona Tranchet me disse. Vou fazer carinho nele e abraçá-lo, tenho certeza de que ele vai me seguir.

Jacques aproximou-se e disse baixinho em meu ouvido, fazendo carinho em mim:

– Vamos, meu pequeno Cadichon, por favor, vamos.

A confiança daquele amável menino me comoveu. Percebi com prazer que, em vez de pedir uma vara para me fazer andar, ele recorreu apenas aos métodos de carinho e de amizade. Então, mal ele tinha terminado de falar e de fazer carinho em mim, comecei a andar.

– Viu, babá, ele me entende, ele gosta de mim! – exclamou Jacques, vermelho de alegria, com os olhinhos brilhando de felicidade e correndo à minha frente para me mostrar o caminho.

Babá: – E como é que um burro poderia entender alguma coisa? Ele está andando porque está entediado aqui.

Jacques: – Você acha que ele está com fome, babá?

Babá: – Provavelmente, veja como ele está magro.

Jacques: – É mesmo! Pobre Cadichon! E eu nem pensei em oferecer meu pão!

Ele tirou do bolso o pedaço de pão que a babá tinha guardado ali para a hora do lanche e me entregou.

Fiquei ofendido com o insulto da babá e fiz questão de lhe provar que ela havia me julgado incorretamente, que não era por interesse que eu seguia Jacques, e que eu levava Jeanne no lombo por gentileza, por bondade.

Então, recusei o pedaço de pão que o bom e pequeno Jacques me ofereceu e contentei-me em lamber a mão dele.

Jacques: – Babá, babá, ele está lambendo minha mão! – exclamou Jacques. –Ele não quer meu pão! Meu querido Cadichon, como gosto de você! Viu, babá? Ele está me seguindo porque gosta de mim, não porque quer pão.

Babá: – Sorte a sua se acredita ter um burro sem igual, um burro exemplar. Quanto a mim, sei que os burros são todos estúpidos e malvados, não gosto deles.

Jacques: – Mas babá, o pobre Cadichon não é malvado, veja como ele é bonzinho comigo.

Babá: – Vamos ver quanto tempo isso vai durar.

– Não é verdade, meu Cadichon, que você sempre vai ser bonzinho comigo e com Jeanne? – perguntou o pequeno Jacques enquanto fazia carinho em mim.

Virei-me para ele e o olhei com um olhar tão afetuoso que ele compreendeu, apesar de sua pouca idade. Depois, virei-me para a babá e lancei-lhe um olhar furioso, que ela também entendeu, porque disse imediatamente:

– Que olhar maldoso ele tem! Parece malvado, olha para mim como se quisesse me devorar!

– Como assim? – perguntou Jacques. – Babá, como você pode dizer isso? Ele está me olhando com um olhar tão doce que parece que quer me abraçar!

Os dois estavam certos, e eu não estava confuso: prometi a mim mesmo que seria muito bom para Jacques, para Jeanne e para os moradores da casa que fossem bons para mim; mas também tomei a má decisão de ser malvado para aqueles que me maltratassem ou me insultassem, como a babá tinha feito. Essa sede de vingança foi, depois, a causa da minha infelicidade.

Enquanto conversavam, caminhamos sem parar e logo chegamos ao casarão da avó de Jacques e de Jeanne. Deixaram-me em frente à porta, onde permaneci como um burro bem-educado, sem me mexer, sem nem mesmo experimentar a erva que contornava o caminho de terra.

Dois minutos depois, Jacques reapareceu, trazendo a avó atrás dele.

– Venha ver, vovó, venha ver como ele é manso e como gosta de mim! Não acredite na babá, por favor – disse Jacques juntando as mãos.

– Não, vovó, não acredite, por favor! – repetiu Jeanne.

– Vamos ver – disse a avó sorrindo –, vamos ver esse burro famoso!

E, aproximando-se de mim, ela me tocou, fez carinho em mim, tocou em minhas orelhas e colocou a mão em minha boca; não fiz nenhum movimento para mordê-la ou para me afastar.

Avó: – Ora, ele realmente parece muito manso. Por que você estava dizendo, Emilie, que ele parecia malvado?

Jacques: – Não é verdade, vovó, não é verdade que ele é bonzinho, que precisamos ficar com ele?

Avó: – Minha criança, eu acredito que ele seja muito bonzinho, mas como podemos ficar com ele se não é nosso? Precisamos devolvê-lo ao dono.

Jacques: – Ele não tem dono, vovó.

– É verdade, ele não tem dono, vovó – confirmou Jeanne, que repetia tudo que o irmão dizia.

Avó: – Como assim, não tem dono? É impossível.

Jacques: – Sim, vovó, é totalmente verdade, a dona Tranchet me disse.

Avó: – Então, como é que ele ganhou o prêmio da corrida para ela? Se ela o pegou para correr, deve tê-lo emprestado de alguém.

Jacques: – Não, vovó, ele chegou sozinho e quis correr com os outros. A dona Tranchet pagou para ter direito ao prêmio que ele ganhasse, mas ele não tem dono. Ele é Cadichon, o burro da pobre Pauline, que morreu; os pais dela o expulsaram e ele viveu na floresta durante todo o inverno.

Avó: – Cadichon? O famoso Cadichon que salvou a menina do incêndio? Ah! Estou muito feliz em conhecê-lo; é realmente um burro extraordinário e admirável!

E, dando uma volta em mim, ela me observou por um longo tempo. Eu estava orgulhoso de ver minha reputação tão bem restabelecida; estufei o peito, abri as narinas e sacudi a crina.

– Como ele está magro, pobrezinho! Não foi recompensado por sua dedicação – disse a avó com um semblante sério e com um tom de reprovação. – Vamos ficar com ele, meu pequeno; vamos ficar com ele porque ele foi abandonado, expulso por aqueles que deveriam ter cuidado dele e o amado. Vá chamar Bouland, vou mandar que o leve ao estábulo e o acomode com conforto.

Jacques, maravilhado, correu para chamar Bouland, que chegou imediatamente.

Avó: – Bouland, as crianças trouxeram este burro; leve-o para o estábulo e dê-lhe comida e água.

Bouland: – Devo devolvê-lo ao dono depois?

Avó: – Não, ele não tem dono. Parece que é o famoso Cadichon, que foi expulso após a morte de sua pequena dona; veio para o vilarejo e meus netos o encontraram abandonado no campo. Eles o trouxeram para cá e ficaremos com ele.

Bouland: – A senhora faz muito bem em ficar com ele. Não há nenhum outro burro como esse em toda a cidade. Contaram-me histórias realmente impressionantes sobre ele; é como se ouvisse e entendesse tudo o que dizemos. A senhora verá… Venha, Cadichon, venha comer uma ração de aveia.

Virei-me imediatamente e segui Bouland, que já estava indo embora.

– É surpreendente – disse a avó –, ele realmente entendeu.

Ela voltou para o interior da casa; Jacques e Jeanne quiseram ir comigo até o estábulo. Acomodaram-me em uma baia; eu tinha como companheiros dois cavalos e outro burro. Bouland, ajudado por Jacques, preparou para mim uma bela cama de palha; depois, foi buscar uma porção de aveia.

– Mais, mais, Bouland, por favor – pediu Jacques –; ele precisa de muita comida, pois correu um tantão!

Bouland: – Mas, senhor Jacques, se ele comer aveia demais, ficará muito agitado; o senhor não conseguirá montar nele, nem a senhorita Jeanne.

Jacques: – Mas ele é tão bonzinho! Ele vai deixar a gente montar mesmo assim.

Deram-me uma enorme porção de aveia e colocaram perto de mim um balde cheio de água. Como eu estava com sede, comecei bebendo metade da água do balde; depois, comi minha aveia, feliz por ter sido trazido pelo bom e pequeno Jacques. Continuei pensando na ingratidão da dona Tranchet; comi meu fardo de feno e deitei-me em minha palha; eu estava acomodado como um rei e adormeci.

Cadichon doente

No dia seguinte, minha única tarefa foi levar as crianças para passear por uma hora. Jacques vinha pessoalmente me dar aveia e, apesar das recomendações de Bouland, ele me dava o suficiente para alimentar três burros do meu tamanho. Eu comia tudo pois estava contente, mas no terceiro dia tive um mal-estar. Estava com febre e tinha dor de cabeça e no estômago; não consegui comer nem aveia nem feno e fiquei deitado em minha cama de palha.

Quando Jacques veio me ver, disse:

– Ué, Cadichon ainda está deitado! Vamos, meu Cadichon, está na hora de se levantar; vou lhe dar sua aveia.

Tentei me erguer, mas minha cabeça caiu com todo seu peso sobre a palha.

– Ah! Meu Deus! Cadichon está doente! – gritou o pequeno Jacques. – Bouland, Bouland, venha logo! Cadichon está doente.

– Ora essa, o que ele tem? – perguntou Bouland. – Ele recebeu o almoço na hora certa.

Bouland se aproximou da manjedoura, olhou dentro dela e disse:

– Ele não tocou na aveia, deve estar doente. As orelhas dele estão quentes – acrescentou pegando em minhas orelhas –; seus flancos estão latejando.

– O que isso quer dizer, Bouland? – perguntou o pobre Jacques, alarmado.

– Quer dizer, senhor Jacques, que Cadichon está com febre, que o senhor deu comida demais para ele e que é preciso chamar o veterinário.

– O que é um veterinário? – perguntou novamente Jacques, cada vez mais assustado.

– Um médico de cavalos. Viu, senhor Jacques, eu avisei. Esse pobre burro viveu na miséria; sofreu durante o inverno, dá para ver muito bem por seus pelos e por sua magreza. Depois, ele se aqueceu quando correu com toda a força no dia da corrida dos burros. Era preciso lhe dar pouca aveia, e erva para refrescá-lo, mas o senhor lhe deu toda a aveia que ele queria.

– Meu Deus! Meu Deus! Meu pobre Cadichon! Ele vai morrer! Por minha culpa! – disse o coitadinho em meio às lágrimas.

– Não, senhor Jacques, ele não vai morrer por causa disso, mas será preciso colocá-lo na grama e tirar sangue dele.

– Mas tirar sangue vai machucar ele – disse Jacques, ainda chorando.

– Não vai, você verá; vou tirar o sangue agora mesmo, enquanto aguardo o veterinário.

– Não quero ver, não quero ver! – gritou Jacques, escondendo o rosto. – Tenho certeza de que vai machucar ele.

E saiu correndo. Enquanto isso, Bouland pegou sua lanceta, colocou-a em uma veia do meu pescoço, afundou-a com uma pequena martelada, e o sangue jorrou na mesma hora. Com o sangue brotando, eu começava a me sentir aliviado; minha cabeça não estava mais tão pesada, eu não estava mais me sentindo sufocado; logo tive condições de me erguer. Bouland estancou o sangue, deu-me água de aveia e depois de uma hora me deixou em um campo. Eu me sentia melhor, mas não estava curado; foram necessários cerca de oito dias para que eu me recuperasse. Durante esse tempo, Jacques e Jeanne cuidaram de mim com uma bondade que eu nunca esquecerei: eles vinham me ver várias vezes por dia, colhiam a erva para mim para que eu não tivesse o trabalho de me abaixar para pastar, traziam folhas de alface da horta, repolhos e cenouras. Todas as noites, eles levavam-me de volta para meu estábulo, e eu encontrava minha manjedoura cheia de coisas que eu amava, como cascas de batata com sal. Um dia, o bondoso Jacques quis me dar seu travesseiro, porque, segundo ele, minha cabeça ficava muito baixa quando eu dormia. Outra vez, Jeanne quis me cobrir com o cobertor de sua cama para me manter aquecido durante a noite. Em um outro dia, eles colocaram montinhos de lã ao redor das minhas pernas, com medo de que eu sentisse frio. Eu ficava triste por não poder demonstrar minha gratidão, e ainda tinha a infelicidade de compreender tudo e não poder dizer nada. Por fim, recuperei-me e soube que eles estavam planejando um passeio de burro na floresta com seus primos e suas primas.

OS LADRÕES

Todas as crianças estavam reunidas no pátio; muitos burros de todos os vilarejos vizinhos tinham sido trazidos. Reconheci quase todos os burros da corrida; o de Jeannot me dirigia um olhar feroz, enquanto eu o olhava com um ar caçoador. A avó de Jacques estava recebendo em sua casa quase todos os netos: Camille, Madeleine, Elisabeth, Henriette, Jeanne, Pierre, Henri, Louis e Jacques. As mães de todas essas crianças iam acompanhá-las montadas nos burros, enquanto os pais seguiriam a pé, equipados com varas para fazer os mais preguiçosos andar. Antes de sair, discutiram um pouco, como sempre acontecia, para decidir quem iria com o melhor burro. Como todos me queriam e ninguém abria mão de mim, resolveram fazer um sorteio. Acabei sendo sorteado pelo pequeno Louis, primo de Jacques; ele era um excelente menino, e eu teria ficado muito contente com a minha sorte se não tivesse visto o pobre Jacques secar escondido os olhinhos cheios de lágrimas. Toda vez que ele me olhava, as lágrimas transbordavam. Eu ficava com pena, mas não o podia consolar; além disso, ele também deveria aprender, como eu aprendi, a ter resignação e paciência. Por fim, acabou tomando uma decisão, montou em um burro e disse ao primo Louis:

– Vou ficar o tempo todo perto de você, Louis; não faça Cadichon galopar demais para não me deixar para trás.

Louis: – E por que você vai ficar para trás? Por que não galopa como eu?

Jacques: – Porque Cadichon é mais rápido que todos os burros da cidade.

Louis: – Como você sabe disso?

Jacques: – Vi todos esses burros correndo para ganhar o prêmio no dia da festa do vilarejo, e Cadichon ultrapassou todos eles.

Louis prometeu ao primo que não iria rápido demais, e os dois saíram trotando. Meu camarada não era de todo mau, de forma que não tive que me preocupar muito para não o ultrapassar. Os outros vinham atrás como podiam. Fomos a uma floresta para que as crianças vissem as belíssimas ruínas de um velho convento e de uma antiga capela. Essas ruínas tinham má fama na cidade; ninguém as visitava se não fosse em grandes grupos. À noite, diziam, ruídos estranhos pareciam escapar de debaixo dos escombros, como gemidos, gritos e tinidos de correntes. Muitos viajantes que caçoaram desses relatos e quiseram visitar as ruínas sozinhos nunca retornaram, e nunca mais se ouviu falar deles.

Todos desceram dos burros e nos deixaram pastando, com as rédeas no pescoço. Os pais e as mães pegaram os filhos pela mão, proibindo-os de se afastar e de ficar para trás. Preocupado, eu os observava enquanto se afastavam e sumiam em meio àquelas ruínas. Eu também me afastei dos meus camaradas e fui me proteger do sol sob um arco que estava um pouco deteriorado e era sustentado pelas árvores, um pouco além do convento. Eu estava ali há pouco mais de quinze minutos quando ouvi um barulho próximo ao arco; encolhi-me em uma brecha da parede envelhecida de onde eu podia enxergar sem que fosse visto. O barulho, embora abafado, aumentava; parecia que vinha de debaixo da terra.

Pouco tempo depois, vi surgir uma cabeça de homem que saía com cuidado do meio das moitas.

– Nada... – disse ele baixinho após olhar ao redor. – Ninguém... venham, companheiros. Cada um vai pegar um desses burros e levá-lo sem fazer barulho.

Ele se levantou para dar passagem a uma dúzia de homens, aos quais disse à meia-voz:

– Se os burros conseguirem escapar, não tentem correr atrás deles. Rápido e em silêncio, essa é a ordem.

Os homens se espalharam pelo bosque, que era muito denso e cheio de árvores altas naquela parte. Andavam com cuidado, mas rapidamente; os burros, que queriam sombra, pastavam a grama perto do limite do bosque. A um sinal, cada um dos ladrões pegou um dos burros pela rédea e o arrastou para o mato. Os burros, em vez de resistir, de se debater, de zurrar para dar o alarme, deixaram-se levar como imbecis; uma ovelha não teria sido tão estúpida. Cinco minutos depois, os ladrões chegaram ao matagal que ficava aos pés do arco. Fizeram meus companheiros entrar um a um nas moitas, onde desapareceram. Eu ouvi o barulho dos passos deles sob a terra, e depois tudo voltou ao silêncio.

"Então isso explica os barulhos que assombram a cidade", eu pensava. "Um'bando de ladrões se esconde nos porões do convento. É preciso que eles sejam pegos, mas como? Eis a questão."

Fiquei escondido sob a abóbada, de onde podia ver todas as ruínas e a cidade ao redor, e só saí dali quando ouvi as vozes das crianças que procuravam seus burros. Corri para impedi-los de se aproximar daquele arco e das moitas que escondiam tão bem a entrada para o subterrâneo, que era impossível de ser percebida.

– Cadichon está aqui! – gritou Louis.

– Mas onde estão os outros? – perguntaram todas as crianças ao mesmo tempo.

– Devem estar por perto – disse o pai de Louis –, vamos procurá-los.

– Deveríamos procurá-los perto da ribanceira, atrás daquele arco – disse o pai de Jacques –; a grama ali está bonita, eles devem ter ido comê-la.

Eu tremia de pensar no perigo que eles poderiam correr e fui para o lado do arco para impedi-los de passar. Tentaram me tirar do caminho, mas resisti com tanta insistência, bloqueando a passagem por todos os lados, que o pai de Louis deteve seu cunhado e lhe disse:

– Ouça, meu caro: a insistência de Cadichon pode querer dizer alguma coisa. Você sabe o que dizem a respeito da inteligência desse animal. Vamos escutá-lo, confie em mim, vamos dar meia-volta. Além disso, é improvável que todos os burros tenham ido para o outro lado das ruínas.

– Você tem razão, meu caro – respondeu o pai de Jacques. – Parece que a grama perto do arco está remexida, como se tivesse sido pisoteada recentemente. Tenho fortes suspeitas de que nossos burros foram roubados.

Eles se juntaram novamente às mães, que impediram que as crianças se afastassem. Fui atrás deles, com o coração leve e contente por talvez ter evitado uma terrível tragédia. Eles conversavam em voz baixa, reuniram-se em grupos e me chamaram.

– O que vamos fazer? – perguntou a mãe de Louis. – Um único burro não pode carregar todas as crianças.

– Vamos colocar os menores no lombo de Cadichon; os grandes vão conosco – disse a mãe de Jacques.

– Venha, Cadichon; vamos ver quantos você conseguirá levar – disse a mãe de Henriette.

Começaram por Jeanne, que era a menorzinha, depois Henriette, depois Jacques, e então Louis. Nenhum deles era pesado. Mostrei, com um pequeno trote, que podia carregar os quatro sem me cansar.

– Eia! Opa! Cadichon – gritaram os pais –, vá com calma para que possamos segurar nossas crianças.

Comecei a caminhar, acompanhado de perto pelas crianças maiores e pelas mães; os pais vinham atrás, para não tirar os olhos dos mais lentos.

– Mamãe, por que papai não foi procurar nossos burros? – perguntou Henri, o mais novo do grupo, que achava o caminho muito longo.

Mãe: – Porque seu papai acredita que eles foram roubados, então seria inútil procurá-los.

Henri: – Roubados? Por quem? Eu não vi ninguém.

Mãe: – Eu também não vi, mas havia marcas de pegadas perto do arco.

Pierre: – Mas então, mamãe, a gente deveria procurar os ladrões.

Mãe: – Teria sido imprudente. Para pegarem treze burros, eles deveriam ser vários homens. Eles provavelmente tinham armas e poderiam ter matado ou ferido os pais de vocês.

Pierre: – Que armas, mamãe?

Mãe: – Porretes, facas, talvez pistolas.

Camille: – Oh! Mas isso é muito perigoso! Ainda bem que papai voltou com meus tios.

Mãe: – Vamos acelerar para voltar para casa; seus tios e papais ainda precisam ir à cidade.

Pierre: – Para fazer o quê, mamãe?

Mãe: – Para avisar os policiais.

Camille: – Que pena que a gente foi para essas ruínas.

Madeleine: – Por quê? Elas são tão bonitas!

Camille: – Sim, mas também são muito perigosas. E se, em vez de terem roubado os burros, os ladrões tivessem roubado a gente?

Elisabeth: – Impossível! A gente era muita gente.

Camille: – Mas e se eles fossem um monte de ladrões?

Elisabeth: – A gente teria lutado.

Camille: – Com o quê? A gente não tinha nem um único porrete.

Elisabeth: – Mas a gente tem nossos pés, nossos punhos, nossos dentes. Para começar, eu ia arranhar e morder; ia furar os olhos deles com minhas próprias unhas.

Pierre: – E o ladrão ia matar você, fim da história.

Elisabeth: – Me matar? Ora! Mas e papai e mamãe? Você acha que iam deixar eles me levarem ou me matarem?

Madeleine: – Os ladrões também matariam eles.

Elisabeth: – Então você acha que eles tinham um exército?

Madeleine: – Deviam ser pelo menos uns doze.

Elisabeth: – Uns doze? Que idiotice! Você acha que os ladrões andam em dúzias, como as ostras.

Madeleine: – E você está sempre caçoando! A gente nunca pode dizer nada. Aposto que para levar treze burros eles eram pelo menos doze.

Elisabeth: – É, e o décimo terceiro deve ter ido no bolso de um deles.

As mães e as outras crianças riam daquela conversa, mas como ela estava prestes a virar uma briga, a mãe de Elisabeth mandou-a se calar, dizendo que Madeleine provavelmente tinha razão quanto ao número de ladrões.

Estávamos perto da casa e não demoramos para chegar. Ficaram muito surpresos quando viram todos chegando a pé, e eu, Cadichon, trazendo quatro crianças. Mas, quando os pais contaram sobre o desaparecimento dos burros e sobre minha obstinação em impedir que procurassem os animais perdidos, o pessoal da casa sacudiu a cabeça e começou a fazer uma série de suposições, umas mais curiosas que as outras; alguns diziam que os burros tinham sido engolidos e levados pelos diabos; outros imaginavam que as religiosas enterradas na capela se apoderaram deles para percorrer a Terra; outros ainda garantiam que os anjos que guardavam o convento reduziam a pó e cinza todos os animais que se aproximavam demais do cemitério onde perambulavam as almas das religiosas. Ninguém pensou em ladrões escondidos no subterrâneo.

Assim que retornaram, os três pais foram contar à avó sobre o provável roubo dos burros. Depois, mandaram atrelar os cavalos ao carro para dar queixa na delegacia da cidade vizinha. Retornaram após duas horas com o chefe da polícia e seis guardas. Tamanha era a fama da minha inteligência que julgaram que o assunto era sério assim que souberam da minha resistência ao arco. Estavam todos armados com pistolas e carabinas, prontos para ir ao campo. Entretanto, aceitaram o jantar que a avó lhes ofereceu e sentaram à mesa com as senhoras e com os senhores.

O SUBTERRÂNEO

O jantar não demorou muito; os guardas queriam fazer a inspeção antes que anoitecesse. Perguntaram à avó se podiam me levar.

– Ele nos será muito útil em nossa expedição, senhora – disse o oficial. – Cadichon não é um burro qualquer; ele já fez coisas mais difíceis que o que vamos lhe pedir.

– Levem-no, senhores, se acreditam que é necessário – respondeu a avó –; mas não o cansem demais, por favor. Esse pobre animal já pegou a estrada nesta manhã e voltou para casa trazendo quatro dos meus netos no lombo.

– Quanto a isso, senhora – retomou o oficial –, fique tranquila; tenha certeza de que o trataremos da forma mais gentil possível.

Já haviam me dado meu jantar: uma porção de aveia e uma grande quantidade de alface, cenouras e outros legumes. Assim, eu estava saciado e pronto para partir. Quando vieram me buscar, logo me posicionei à frente do bando e pegamos a estrada; era um burro servindo de guia para os policiais. Eles não se sentiram humilhados, pois eram boa gente. As pessoas pensam que os guardas são severos e malvados, mas é exatamente o contrário: não há pessoas melhores, mais caridosas, mais pacientes, mais generosas que esses bondosos guardas. Ao longo de toda a estrada, eles tiveram comigo todos os cuidados possíveis: desaceleravam o ritmo dos cavalos quando acreditavam que eu estava cansado e me ofereciam água a cada riacho que atravessávamos.

Estava começando a anoitecer quando chegamos ao convento. O oficial ordenou que seguissem todos os meus passos e que caminhassem todos juntos. Como os cavalos deles poderiam atrapalhá-los, deixaram-nos em um vilarejo vizinho à floresta. Eu os conduzi sem hesitar à entrada do arco, perto das moitas de onde havia visto sair os doze ladrões. Percebi que eles continuavam próximos à entrada. Para levá-los aonde eu queria, fui para trás da parede; eles me seguiram. Quando todos haviam chegado, voltei para as moitas, impedindo-os de avançar quando quiseram vir comigo. Eles entenderam e ficaram escondidos atrás da parede.

Então, aproximei-me da entrada do subterrâneo e comecei a zurrar com todas as forças de meus pulmões. Não demorei para conseguir o que queria. Todos os meus camaradas que estavam presos debaixo da terra responderam, um mais alto que o outro. Dei um passo em direção aos guardas, que entenderam minha estratégia, e voltei para a entrada do subterrâneo. Voltei a zurrar; desta vez, ninguém respondeu. Imaginei que os ladrões, para impedir meus camaradas de denunciá-los, haviam amarrado pedras na cauda deles. Todo mundo sabe que, para relinchar, esticamos nossa cauda; sem poder esticá-la devido ao peso da pedra, meus camaradas se calaram.

Eu ainda estava a dois passos da entrada quando vi a cabeça de um homem saindo de trás das moitas e olhando ao redor com precaução. Quando me viu, disse:

– Chegou o malandro que não pegamos de manhã. Você vai se juntar aos seus camaradas, seu chorão.

Mas quando ele estava a ponto de me alcançar, dei dois passos para trás; ele veio atrás de mim e eu me afastei ainda mais, até que o levei ao canto da parede atrás da qual estavam meus amigos guardas. Antes que o ladrão tivesse tempo de gritar, os guardas se jogaram em cima dele, o amordaçaram, o amarraram e o estenderam no chão. Voltei à entrada e recomecei a relinchar, certo de que outro ladrão viria ver o que tinha acontecido com seu companheiro. De fato, logo ouvi as moitas se mexerem e vi surgir uma nova cabeça, que também olhou ao redor com cuidado. Como não conseguia me alcançar, esse segundo ladrão repetiu os passos do primeiro; executei a mesma estratégia e o fiz ser preso pelos guardas sem que ele tivesse tempo de entender o que estava acontecendo. Repeti o mesmo plano até que fiz seis deles serem presos. Após o sexto, por mais que eu relinchasse, ninguém apareceu. Imaginei que, como não viam retornar nenhum dos homens que partiam em busca de notícias de seus camaradas, os ladrões haviam suspeitado de alguma armadilha e não ousavam mais se arriscar. No decorrer daquele tempo, anoitecera completamente e já não víamos quase nada. O chefe da polícia mandou um de seus homens buscar reforços para atacar os ladrões no subterrâneo e levar amarrados, em uma charrete, os seis ladrões que já tinham sido feitos prisioneiros. Os guardas que restaram receberam a ordem de se dividir em dois bandos para vigiar as saídas do convento; quanto a mim, depois de terem feito muito carinho em mim e os maiores elogios a respeito de minha conduta, deixaram-me livre para fazer o que quisesse.

– Se ele não fosse um burro – disse um guarda –, mereceria ganhar uma cruz.

– Ele já não tem uma no lombo? – perguntou um outro.

– Quieto, maldoso – disse um terceiro –; você sabe muito bem que essa cruz é marcada no lombo dos burros para lembrar que um deles teve a honra se ser montado por Nosso Senhor Jesus Cristo.

– É por isso que é uma cruz de honra – retomou o outro.

– Silêncio! – disse o oficial em voz baixa. – Cadichon está ouvindo alguma coisa.

Realmente ouvi um barulho estranho vindo do lado do arco. Não era um barulho de passos; seria mais algo como um estalo e gritos abafados. Os guardas também escutavam, mas sem conseguir distinguir que barulho era aquele. Por fim, uma espessa fumaça escapou de vários respiradouros e janelas baixas do convento; então, algumas chamas escaparam: em poucos instantes, tudo estava pegando fogo.

– Colocaram fogo nos porões para escapar pelas portas – disse o oficial.

– Vamos correr para apagá-lo, senhor tenente – respondeu um guarda.

– Sejam cuidadosos! Vigiem mais do que nunca todas as saídas, e se os ladrões aparecerem, abram fogo com suas carabinas; as pistolas ficam para depois.

O oficial realmente havia adivinhado a estratégia dos ladrões. Eles perceberam que tinham sido descobertos e que seus camaradas tinham sido feitos prisioneiros; tinham esperança de que, com a ajuda do incêndio e dos esforços dos guardas para apagá-lo, conseguiriam escapar e resgatar seus amigos. Imediatamente, vimos os seis ladrões restantes e seu capitão saírem apressados da entrada camuflada pelas moitas. Apenas três guardas estavam naquele posto; cada um deles atirou com a carabina antes que os ladrões tivessem tempo de pegar suas armas. Dois ladrões caíram; um terceiro deixou a pistola escapar, pois seu braço estava quebrado. Mas os três últimos e o capitão avançaram furiosos para cima dos guardas, que, com um cassetete em uma mão e uma pistola na outra, lutaram como leões. Antes que o oficial e os outros dois guardas que vigiavam o outro lado do convento conseguissem correr, o combate estava quase terminado. Os ladrões estavam todos mortos ou feridos; o capitão ainda lutava com um guarda, o único que se manteve em pé; os outros dois estavam gravemente feridos. A chegada dos reforços pôs fim ao combate. Em um piscar de olhos, o capitão foi cercado, desarmado, amarrado e estendido perto dos seis ladrões prisioneiros.

Durante aquele combate, o fogo se apagara; apenas algumas moitas e madeiras tinham queimado. Antes de penetrar no subterrâneo, o oficial quis aguardar a chegada dos reforços que ele havia solicitado. A noite já estava bastante avançada quando vimos chegar seis outros guardas e a charrete que deveria levar os prisioneiros. Eles foram estendidos lado a lado no carro;

o oficial tinha um bom coração: ele dera a ordem de desamordaçá-los, de modo que disseram mil injúrias aos guardas, que não responderam. Dois deles subiram na charrete para escolher os prisioneiros; trouxeram macas para transportar os feridos.

Durante aqueles preparativos, acompanhei o oficial em sua descida ao subterrâneo, escoltado por oito homens. Atravessamos um longo corredor que descia sem fim e chegamos ao subterrâneo onde os bandidos tinham construído seu abrigo. Uma caverna lhes servia de estábulo; ali encontramos meus camaradas que foram capturados no dia anterior, todos com uma pedra na cauda. Nós os libertamos imediatamente e eles começaram a relinchar em uníssono. Em um local como aquele, o barulho se tornava ensurdecedor.

– Silêncio, burros! – disse um guarda. – Senão, vamos ter que calar a boca de vocês.

– Deixe-os – respondeu outro guarda. – Não está vendo que eles estão cantando em homenagem a Cadichon?

– Pois eu preferiria que eles cantassem em outro tom – respondeu o primeiro guarda, rindo.

"Esse homem certamente não gosta de música", pensei comigo mesmo. "Para que reclamar da voz de meus camaradas? Pobres camaradas! Estão cantando sua libertação".

Continuamos andando. Uma das cavernas estava cheia de itens roubados. Em outra, eles mantinham prisioneiros para servi-los: uns faziam a comida, outros serviam à mesa e limpavam o subterrâneo, e outros consertavam as roupas e os sapatos. Alguns daqueles infelizes estavam ali há dois anos; eram amarrados de dois em dois, e todos tinham pequenos sinos nos braços e nos pés para que fosse possível identificar onde estavam. Dois ladrões sempre ficavam perto deles para vigiá-los; nunca havia mais que dois em uma mesma caverna. Aqueles que se ocupavam das roupas eram mantidos juntos, mas a ponta da corrente de cada um deles era presa, durante o trabalho, a um aro rente à parede.

Soube depois que aqueles infelizes eram os viajantes e visitantes das ruínas que haviam desaparecido há dois anos. Eram catorze, mas contaram que os ladrões mataram três diante de seus olhos: dois porque estavam doentes e um que se recusava terminantemente a trabalhar.

Os guardas libertaram todos aqueles pobres coitados, devolveram os burros ao casarão e conduziram os feridos ao hospital. Os ladrões foram levados à prisão, julgados e condenados: o capitão à morte e os outros a trabalhos forçados em Caiena. Quanto a mim, fui elogiado por todos; sempre que eu saía, as pessoas que me encontravam diziam:

– Ele é Cadichon, o famoso Cadichon, que vale sozinho mais que todos os burros da cidade!

Thérèse

Minhas pequenas donas (eu tinha tantos donos e donas quanto a avó tinha netos e netas) tinham uma prima de quem gostavam muito; era a melhor amiga delas e tinha mais ou menos a mesma idade. Essa menina se chamava Thérèse; aquela pequenina era boazinha, muito boazinha. Quando montava em mim, nunca usava a vara e não deixava ninguém me bater. Em um dos passeios que minhas pequenas donas fizeram, encontraram uma menina sentada à beira da estrada; quando se aproximaram, a menina se levantou com muito custo e veio mancando pedir-lhes caridade. Aquele semblante triste e tímido deixou Thérèse e suas amigas consternadas.

– Por que você está mancando, menina? – perguntou Thérèse.
Menina: – Porque meus sapatos estão me machucando, senhorita.
Thérèse: – Por que você não pede outros sapatos para sua mãe?
Menina: – Não tenho mãe, senhorita.
Thérèse: – E para seu pai?
Menina: – Não tenho pai, senhorita.
Thérèse: – E com quem você mora?
Menina: – Com ninguém, eu moro sozinha.

Thérèse: – Quem lhe dá comida?
Menina: – Às vezes ninguém, às vezes todo mundo.
Thérèse: – Quantos anos você tem?
Menina: – Não sei, senhorita; talvez sete anos.
Thérèse: – Onde você dorme?
Menina: – Onde me deixarem. Quando todo mundo me expulsa, durmo do lado de fora, debaixo de uma árvore, perto de uma cerca, em qualquer lugar.
Thérèse: – Mas você deve congelar no inverno!
Menina: – Até sinto frio, mas estou acostumada.
Thérèse: – Você já jantou hoje?
Menina: – Não como desde ontem.

– Mas isso é um absurdo – disse Thérèse, com lágrimas nos olhos. – Minhas queridas primas, será que a avó de vocês não deixaria a gente dar comida para essa pobrezinha e não deixaria ela dormir em algum lugar da casa?

– Com certeza – responderam as três primas –, vovó ficaria muito feliz, e ela faz tudo o que a gente pede.

Madeleine: – Mas como a gente vai levar ela para casa, Thérèse? Ela está mancando.

Thérèse: – A gente coloca ela em Cadichon e vai a pé, todas juntas, em vez de revezar, de duas em duas, quem vai em cima dele.

– Boa ideia! – gritaram as três primas.

Elas colocaram a menina em meu lombo.

Camille ainda tinha em seu bolso um pedaço de pão que restava de seu lanche e o deu à menina. A pequena comeu com avidez; parecia feliz por estar em meu lombo, mas não dizia nada; ela estava cansada e morrendo de fome.

Quando parei em frente ao pórtico da casa, Camille e Elisabeth levaram a menina até a cozinha, enquanto Madeleine e Thérèse correram para chamar a avó.

– Vovó – disse Madeleine –, podemos dar comida para uma menina muito pobre que encontramos na estrada?

Avó: – Com toda a certeza, minha pequena, mas quem é ela?

Madeleine: – Não sei, vovó.

Avó: – Onde ela mora?

Madeleine: – Em lugar nenhum, vovó.

Avó: – Como assim, em lugar nenhum? Em algum lugar os pais dela devem morar.

Madeleine: – Ela não tem pais, vovó, ela vive sozinha.

– Tia – disse Thérèse timidamente –, será que a pobrezinha pode dormir aqui?

– Se ela realmente não tem abrigo, é o mínimo que podemos fazer – respondeu a avó –, mas preciso vê-la e falar com ela.

Ela se levantou e seguiu as crianças até a cozinha, onde a pobre menina aproximou-se mancando. A avó repetiu as perguntas à menina e obteve as mesmas respostas. Ela pareceu muito consternada. Mandar aquela criança de volta ao estado de abandono e de sofrimento em que ela a via parecia impossível, mas ficar com ela seria complicado. A quem confiá-la? Quem poderia cuidar dela?

– Ouça, pequena – ela disse à menina –, enquanto eu estiver em busca de informações a seu respeito e de saber se você me contou a verdade, você dormirá e comerá aqui. Verei em alguns dias o que conseguirei fazer por você.

Ela deu ordens para que preparassem uma cama para a criança e para que não lhe deixassem faltar nada, mas a pobrezinha estava tão suja que ninguém queria tocar nela ou se aproximar. Thérèse ficou muito triste; ela não podia obrigar os empregados de sua tia a fazer algo que lhes causava repulsa.

"Fui eu", pensou ela, "quem trouxe essa menina; sou eu quem tenho que cuidar dela. Mas como?"

Ela pensou por um instante e uma ideia surgiu em sua mente.

– Espere, pequena – ela disse –; volto já.

E correu atrás de sua mãe.

– Mamãe, preciso tomar banho, não é?

Mãe: – Sim, Thérèse, vá; a babá está à sua espera.

– Mamãe, a senhora deixaria que a menina que trouxemos para cá tomasse banho em meu lugar?

Mãe: – Que menina? Não sei de quem você está falando.

Thérèse: – Uma pobrezinha, coitadinha, que não tem pai nem mãe, nem ninguém para cuidar dela; que dorme na rua e só come o que dão a ela. A vovó de Camille deixou ela ficar aqui, mas nenhum dos empregados quer tocar nela.

Mãe: – Por quê?

Thérèse: – Porque ela está tão suja, mas tão suja, que está de arrepiar. Se a senhora deixar, ela pode tomar banho em meu lugar. Para minha babá não ficar com nojo, eu mesma posso tirar a roupa dela e ensaboar. Também vou cortar os cabelos dela, porque estão todos embaraçados e cheios de pulguinhas brancas que não saem do lugar.

Mãe: – Minha querida Thérèse, e você não ficará com nojo de tocá-la e lavá-la?

Thérèse: – Um pouco, mamãe, mas vou pensar que, se eu estivesse no lugar dela, ficaria muito feliz se alguém quisesse cuidar de mim, e esse pensamento vai me encher de coragem. E depois que ela estiver limpa, mamãe, posso colocar nela algumas das minhas roupas antigas, até que eu compre roupas novas para ela?

Mãe: – Claro que sim, minha pequena Thérèse, mas como você vai comprar roupas para ela? Você só tem dois ou três francos, isso não dá para comprar mais que uma camisa.

Thérèse: – Mamãe, a senhora está se esquecendo da minha moeda de vinte francos.

Mãe: – Aquela que seu pai lhe deu para guardar? Você estava guardando essa moeda para comprar um livro de missa bonito como o de Camille.

Thérèse: – Posso ficar sem esse livro de missa bonito, mamãe, ainda tenho o meu antigo.

Mãe: – Faça como quiser, minha criança; quando é para fazer o bem, você sabe que lhe dou toda a liberdade.

A mãe a abraçou e foi com ela para ver essa menina que ninguém queria tocar.

"Se ela tiver alguma doença de pele que Thérèse possa pegar", ela pensou, "não permitirei que Thérèse toque nela".

A menina continuava esperando na porta; a mãe a olhou, examinou suas mãos, sua aparência, e viu que ali só havia sujeira, mas nenhuma doença de pele. Ao ver que seus cabelos estavam repletos de piolhos, pediu uma tesoura, fez a menina sentar-se sobre a grama e cortou os cabelos dela bem curtinhos, sem tocar neles. Quando os cabelos caíram no chão, ela os recolheu com uma pá e pediu a um dos empregados que os jogasse onde ficava o estrume. Então, pediu uma bacia de água morna e, com a ajuda de Thérèse, ensaboou e lavou a cabeça da menina para deixá-la bem limpa. Após secá-la, disse a Thérèse:

– Agora, minha pequena, vá dar banho nela e mande que joguem seus trapos no fogo.

Camille, Madeleine e Elisabeth vieram ajudar Thérèse. As quatro levaram a menina ao banheiro e tiraram as roupas dela, apesar da repulsa provocada pela extrema sujeira da criança e pelo cheiro que seus trapos exalavam. Elas se apressaram para mergulhá-la na água e ensaboá-la dos pés à cabeça. Tomaram gosto pela tarefa, que as divertia e encantava a menina. Elas a ensaboaram e a deixaram na água por um pouco mais de tempo que o necessário. No fim do banho, a criança já estava cansada e demonstrou uma grande satisfação quando suas quatro protetoras a tiraram da banheira. Esfregaram tanto a menina para secá-la que até deixaram a pele dela vermelha, e foi só depois de ela ficar seca como um presunto que a vestiram com uma camisa, um saiote e um vestido de Thérèse. As roupas caíram muito bem nela, porque Thérèse usava vestidos muito curtinhos, como fazem todas as meninas elegantes, e a pequena pedinte precisaria de um saiote que cobrisse os tornozelos: ficou um pouco longo, mas mal dava para ver; assim, todas ficaram contentes. Quando chegou a hora de calçá-la, as crianças perceberam que ela tinha uma ferida no peito do pé: era aquilo que a fazia mancar. Camille correu até a avó para lhe pedir uma pomada. A avó lhe deu o que era preciso, e Camille, auxiliada por suas três amigas, das quais uma apoiava a pequena, enquanto outra segurava o pé dela e a terceira desenrolava uma faixa, passou a pomada sobre a ferida. Levaram quase quinze minutos para arrumar a gaze e a faixa; ou ficava apertado demais, ou ficava apertado de menos; ou a faixa ficava muito baixa ou a gaze ficava muito alta; elas discutiam e disputavam o pé da pobrezinha, que não se atrevia a dizer o que quer que fosse e não se queixava de nada. Quando finalmente o pé estava enfaixado, calçaram-na com meias e sapatos velhos de Thérèse e a deixaram ir. Ninguém reconheceu a menina quando ela apareceu na cozinha.

– Não é possível que seja aquele monstrinho de minutos atrás – dizia um empregado.

– Sim, é ela mesma – disse outro empregado –; mas está completamente transformada. Estava assustadora e agora é uma menina bonitinha.

Cozinheiro: – Foi muito bonito, da parte das crianças e da dona Arbé, terem cuidado dela dessa forma. Eu mesmo não a teria tocado nem por vinte francos.

Ajudante de cozinha: – Ela fedia tanto!

Cocheiro: – A senhorita não deveria ter um nariz tão sensível, minha querida, com todos esses restos de comidas, panelas que precisam ser areadas e todo tipo de sujeira com que tem de lidar.

Ajudante de cozinha (contrariada): – Pelo menos meus restos de comida e minhas panelas não fedem a estrume o tempo todo, como certas pessoas que conheço.

Empregados: – Ha-ha-ha! A menina ficou brava, cuidado com a vassoura.

Cocheiro: – Se ela vier com a vassoura dela, sei muito bem onde encontrar a minha, e também meu rastelo e minha rasqueadeira.

Cozinheiro: – Pare, pare, não a deixe muito irritada; ela é brava, você sabe, é melhor não mexer com ela.

Cocheiro: – Ora! E o que eu tenho a ver com isso? Que fique irritada, então; eu também ficarei irritado.

Cozinheiro: – Mas eu não quero discussão e a patroa não gosta de brigas; todos sairíamos perdendo.

O primeiro empregado: – Vatel está certo. Thomas, cale-se, você sempre transforma tudo em confusão. Você nem deveria estar aqui, para começar.

Cocheiro: – Ora essa! Meu lugar é qualquer lugar quando não tenho trabalho a fazer no estábulo.

Cozinheiro: – Mas você tem trabalho! Cadichon ainda está selado e fica andando de um lado para o outro como um burguês à espera do jantar.

Cocheiro: – Tenho a sensação de que Cadichon ouve atrás das portas; ele é mais esperto do que parece, é muito malandro.

O cocheiro me chamou, pegou-me pela rédea, levou-me ao estábulo e, depois de ter tirado minha sela e me dado minha ração, deixou-me sozinho, quero dizer, na companhia dos cavalos e de um burro de quem eu desdenhava demais para começar uma conversa.

Não sei o que aconteceu no casarão durante a noite. No dia seguinte, à tarde, puseram minha sela de volta e colocaram a pequena pedinte no meu lombo; minhas quatro pequenas donas seguiram a pé e me conduziram até o vilarejo. Na estrada, entendi que elas queriam comprar tecidos para vestir a menina. Thérèse queria pagar tudo sozinha, mas as outras queriam que cada uma pagasse sua parte. Estavam discutindo com tanta determinação que, se eu não tivesse parado na porta da loja, elas teriam continuado andando. Quase derrubaram a menina no chão tentando tirá-la do meu lombo, porque todas avançaram para cima dela ao mesmo tempo: uma puxava a menina pelas pernas, outra a segurava por um braço, a terceira a puxava pela frente, e Elisabeth, a quarta, que valia por duas ou três, empurrava todas as outras para ajudar sozinha a pequena a descer. A pobrezinha, assustada e puxada por todos os lados, começou a chorar; as pessoas que passavam começaram a reparar, e a dona da loja veio abrir a porta.

– Bom dia, senhoritas, permitam-me que eu as ajude.

Minhas jovens donas, felizes por não terem que ser a primeira a desistir, largaram a menina; a mulher a pegou e a colocou no chão.

– Como posso ajudá-las, senhoritas? – perguntou a comerciante.

Madeleine: – Viemos comprar tecidos para vestir essa menina, dona Juivet.

Dona Juivet: – Com todo o prazer, senhoritas. Vocês precisam de um vestido ou de uma saia? Ou de roupas de baixo?

Camille: – Precisamos de tudo, dona Juivet. Dê-me o suficiente para fazer três camisas, um saiote, um vestido, um forro, um lenço e dois gorros.

Thérèse (em voz baixa): – Caramba, Camille, deixa eu falar, sou eu que vou pagar.

Camille (em voz baixa): – Mas você não vai pagar sozinha, a gente vai pagar junto com você.

Thérèse (em voz baixa): – Prefiro pagar sozinha, ela é minha menina.

– Não, ela é de todas nós – respondeu Camille baixinho.

– E que tecido as senhoritas vão querer? – interrompeu a comerciante, ansiosa para vender.

Enquanto Camille e Thérèse continuavam discutindo em voz baixa, Madeleine e Elisabeth se apressaram para comprar o que era necessário.

– Adeus, dona Juivet – elas disseram –; mande tudo isso para nossa casa, o mais rápido possível, por favor; mande a nota também.

– Mas vocês já compraram tudo? – gritaram Camille e Thérèse.

– Claro que sim, enquanto vocês discutiam – disse Madeleine com um tom esperto –, a gente escolheu tudo o que é preciso.

– Vocês tinham que ter perguntado se a gente concordava – respondeu Camille.

– Isso mesmo, já que sou eu que vou pagar – disse Thérèse.

– Nós também vamos pagar! Também vamos pagar! – gritaram as outras três em coro.

– Quanto dará tudo isso? – perguntou Thérèse.

Dona Juivet: – Trinta e dois francos, senhorita.

– Trinta e dois francos! – exclamou Thérèse, apavorada. – Mas eu só tenho vinte francos!

Camille: – Pois bem! A gente paga o resto.

Elisabeth: – Assim a gente também ajuda a vestir a menina.

Madeleine (rindo): – Finalmente entramos em um acordo, graças à dona Juivet. Que dificuldade!

Eu tinha ouvido tudo, já que a porta permanecera aberta. Estava indignado com a dona Juivet, que cobrava de minhas boas pequenas donas pelo menos o dobro do que valiam aquelas mercadorias. Eu esperava que as mães não aceitassem fazer aquele negócio. Retornamos para a casa; todas estavam de acordo, graças à dona Juivet, como disse Madeleine com inocência.

O dia estava bonito; havia algumas pessoas sentadas na grama em frente à casa quando chegamos. Pierre, Henri, Louis e Jacques tinham ido pescar em um dos lagos enquanto estávamos no vilarejo; eles acabavam de trazer três enormes peixes e muitos outros menorzinhos. Enquanto Louis e Jacques tiravam minha sela e minha rédea, as quatro primas explicaram às mães o que tinham comprado.

– Quanto você pagou? – perguntou a mãe de Thérèse. – Quanto sobrou dos seus vinte francos, Thérèse?

Thérèse ficou um pouco envergonhada e enrubesceu levemente.

– Não me sobrou nada, mamãe – disse ela.

– Vinte francos para vestir uma criança de seis ou sete anos? – perguntou a mãe de Camille. – Mas é muito dinheiro! O que foi que vocês compraram?

Thérèse não tinha ideia do que Madeleine e Elisabeth tinham comprado às pressas, de forma que não pôde responder.

A comerciante chegou com o pacote e interrompeu aquela conversa, para grande alegria de Madeleine e de Elisabeth, que estavam começando a ter medo de terem comprado coisas bonitas demais.

– Bom dia, dona Juivet – disse a avó –; abra seu pacote aqui sobre a grama para que possamos ver as compras que essas senhoritas fizeram.

Dona Juivet cumprimentou, colocou o pacote no chão, abriu-o, tirou a nota e a entregou para Madeleine, e espalhou os produtos.

Madeleine enrubescera ao pegar a nota; sua avó a pegou de suas mãos e exclamou, surpresa:

– Trinta e dois francos para vestir uma pequena pedinte! Dona Juivet – acrescentou com um tom severo –, a senhora se aproveitou da inocência de minhas netas; a senhora sabe muito bem que esses tecidos são bonitos demais e caros demais para vestir uma criança pobre. Leve tudo isso de volta e fique sabendo que daqui em diante nenhum de nós comprará mais nada em sua loja.

– Senhora – disse a dona Juivet contendo sua raiva –, essas senhoritas pegaram o que quiseram, eu não as obriguei a nada.

Avó: – Mas a senhora só deveria ter mostrado a elas tecidos adequados, em vez de tentar empurrar-lhes suas mercadorias velhas que ninguém quer.

Dona Juivet: – Se essas senhoritas pegaram os tecidos, devem pagar por eles.

– Elas não pagarão absolutamente nada, e a senhora levará tudo isso de volta – disse a avó com firmeza. – Vá imediatamente; mandarei minha criada comprar da dona Jourdan o que for preciso.

Dona Juivet saiu em um estado de grande fúria. Eu a acompanhei até uma parte do caminho, relinchando com um tom de escárnio e galopando ao redor dela. Aquilo divertiu muito as crianças, mas fez a mulher ter muito medo, já que se sentia culpada e temia que eu a quisesse punir. Na cidade, acreditavam que eu era um pouco feiticeiro, e todas as pessoas malvadas me temiam.

As mães deram bronca em suas filhas, e os primos caçoaram delas; fiquei por perto, comendo grama e vendo-os pular, correr, galopar. Enquanto isso, ouvi que os pais estavam planejando sair para caçar no dia seguinte e que Pierre e Henri teriam pequenas espingardas para participar; ouvi ainda que um menino da vizinhança também deveria vir.

A CAÇA

No dia seguinte, como eu já disse, a caça deveria começar. Pierre e Henri ficaram prontos antes de todo mundo. Era a primeira vez deles: traziam uma espingarda a tiracolo e uma bolsa de caça no ombro; seus olhinhos brilhavam de felicidade, e seus semblantes de orgulho e de garra parecia avisar que todas as presas da cidade cairiam sob seus disparos. Eu os segui de longe e assisti aos preparativos para a caça.

– Pierre – disse Henri com um tom decidido –, quando nossas bolsas estiverem cheias, onde a gente vai colocar nossas presas?

– É exatamente nisso que eu estava pensando – respondeu Pierre –; vou perguntar ao papai se podemos levar Cadichon.

Aquela ideia não me agradou. Eu sabia que os jovens caçadores atiravam para todo lado e em qualquer coisa, sem se preocupar com o que havia à frente e ao redor. Ao mirar em uma perdiz, eles podiam acabar acertando em mim, então esperei preocupado pela resposta.

– Papai – disse Pierre ao pai, que estava chegando –, podemos levar Cadichon?

– Para quê? – respondeu o pai rindo. – Quer caçar montado em um burro e perseguir as perdizes a galope? Para isso, seria preciso primeiro colocar asas em Cadichon.

Henri (contrariado): – Não, papai, é para nossas presas, para quando nossas bolsas ficarem muito cheias.

Pai (surpreso e rindo): – Para suas presas? Então vocês acreditam, pobres inocentes, que vão matar alguma coisa, e até mesmo um monte de coisas?

Henri (contrariado): – Com certeza, papai. Tenho vinte cartuchos na minha jaqueta, matarei ao menos quinze presas.

Pai: – Ha-ha-ha! Essa é boa! Sabe o que vocês vão matar, vocês dois e seu amigo Auguste?

Henri: – O quê, papai?

Pai: – O tempo, e nada mais.

Henri (muito contrariado): – Mas papai, se o senhor acha que somos tão tontos e desajeitados para matar alguma coisa, por que deu essas espingardas para a gente e vai nos levar para a caça?

Pai: – É para ensiná-los a caçar, tolinhos, que os levarei à caça. Ninguém consegue matar nas primeiras tentativas.

A conversa foi interrompida pela chegada de Auguste, igualmente pronto para matar tudo o que encontrasse pela frente. Pierre e Henri ainda estavam vermelhos de indignação quando Auguste se juntou a eles.

Pierre: – Papai acha que a gente não vai conseguir matar nada, Auguste; vamos mostrar a ele que somos mais espertos do que ele pensa.

Auguste: – Fique tranquilo, vamos matar mais presas que eles.

Henri: – Por que mais que eles?

Auguste: – Porque somos jovens, fortes, ágeis e habilidosos; nossos pais já estão um pouco velhos.

Henri: – Isso é verdade. Papai tem quarenta e dois anos. Pierre tem quinze, e eu treze. Que diferença!

Auguste: – E meu pai? Ele tem quarenta e três anos! E eu tenho catorze!

Pierre: – Não vou dizer nada ao meu pai, mas vou mandar que coloquem a sela com os cestos em Cadichon. Ele vai com a gente para trazer nossas presas.

Auguste: – Bom, muito bom. Mande colocar os cestos grandes; se pegarmos uma corça, vamos precisar de um espaço e tanto.

Henri ficou encarregado da tarefa. Eu achava graça de todo aquele otimismo. Tinha certeza de que não teria que carregar uma corça e que voltaria com os cestos tão vazios quanto na ida.

– Pé na estrada! – disseram os pais. – Vamos caminhando na frente. Vocês, meninos, fiquem perto de nós. Quando chegarmos à campina, vamos nos espalhar.

– Que história é essa? – acrescentou o pai de Pierre, surpreso. – Cadichon está vindo conosco? Equipado com dois enormes cestos?

– É para a caça desses senhores – disse o guarda rindo.

Pai: – Ha-ha-ha! Então resolveram teimar... que seja, que Cadichon acompanhe a caçada, se tem tempo a perder.

Ele olhou sorrindo para Pierre e Henri, que tinham um semblante determinado.

– Sua espingarda está armada, Pierre? – perguntou Henri.

Pierre: – Não, ainda não; é muito difícil armar e desarmar, prefiro esperar que uma perdiz apareça.

Pai: – Chegamos à campina; agora, caminhemos todos na mesma direção e atiremos para a frente, nunca para a direita ou para a esquerda, para que não matemos uns aos outros.

As perdizes não demoraram para surgir de todos os lados. Tive o cuidado de ficar atrás, e até mesmo um pouco longe; fiz muito bem, porque mais de um cão desavisado recebeu balas de chumbo. Os cães esperavam, apontavam e iam buscar as presas que caíam; os tiros de espingardas eram disparados de toda a linha de frente. Eu não perdia de vista meus três jovens presunçosos; eu os via atirar o tempo todo, mas acertar, nunca: nenhum dos três conseguiu nem uma lebre, nem uma perdiz. Eles ficavam sem paciência, atiravam para todo lado, longe demais, perto demais; às vezes, os três atiravam na mesma perdiz, que escapava sem dificuldade. Os pais faziam o trabalho oposto: o número de presas em suas bolsas era exatamente o mesmo número de tiros que haviam disparado. Após duas horas de caça, o pai de Pierre e de Henri aproximou-se deles.

– E então, crianças, Cadichon está bem carregado? Ainda há espaço para esvaziar minha bolsa, que já está bem cheia?

Os meninos não responderam: perceberam no tom caçador do pai que o fracasso deles era óbvio. Aproximei-me correndo e virei um dos cestos perto do pai.

Pai: – Ora! O cesto está vazio! Suas bolsas vão arrebentar se vocês as encherem demais.

As bolsas estavam completamente vazias. O pai começou a rir do semblante de derrota daqueles jovens caçadores, despejou suas presas em uma de minhas cestas e voltou para seu cão, que estava apontando.

Auguste: – Acho que seu pai está matando uma boa quantidade de perdizes! Ele tem dois cães que apontam e as buscam; e nós não temos nenhum.

Henri: – Isso é bem verdade; talvez a gente tenha matado muitas perdizes, mas não tinha nenhum cão para buscá-las.

Pierre: – Mas eu não vi nenhuma perdiz cair.

Auguste: – Porque uma perdiz nunca cai assim que é atingida; ela continua voando por um tempo e cai muito longe.

Pierre: – Mas quando papai e meus tios atiram, as perdizes deles caem na mesma hora.

Auguste: – Você acha isso porque está longe, mas, se estivesse no lugar deles, veria a perdiz voar por muito tempo.

Pierre não respondeu, mas não parecia acreditar muito no que Auguste dizia. Todos caminhavam com um ar menos orgulhoso e menos leve que o do início. Começaram a perguntar as horas.

– Estou com fome – disse Henri.

– Estou com sede – disse Auguste.

– Estou cansado – disse Pierre.

Mas era preciso acompanhar os caçadores que atiravam, matavam e se divertiam. Entretanto, eles não se esqueceram de seus jovens companheiros de caça e, para não os cansar demais, propuseram uma pausa para almoçar. Os meninos aceitaram com alegria. Chamaram os cães, prenderam-nos em coleiras e foram a uma chácara que ficava a cem passos dali, para onde a avó enviara algumas provisões.

Sentaram-se no chão sob um velho carvalho e espalharam o conteúdo dos cestos. Havia, como em todas as caças, patê de frango, presunto, ovos, queijo, marmelada, geleias, um grande bolo, um enorme brioche e algumas garrafas de vinho envelhecido. Todos os caçadores, jovens e velhos, estavam esfomeados e comeram tanto que assustaram quem por ali passava. No entanto, a avó tinha se preparado para as fomes mais vorazes, de forma que metade das provisões foram deixadas para os guardas e para os moradores da fazenda. Os cães receberam uma sopa para aliviar sua fome e podiam beber a água do lago para matar sua sede.

– Quer dizer que vocês não se deram muito bem, crianças? – perguntou o pai de Auguste. – Cadichon não parece estar muito carregado.

Auguste: – É claro, papai, já que a gente não tinha nenhum cachorro; vocês ficaram com todos eles.

Pai: – Ora essa! Então você acha que um, dois ou três cachorros teriam ajudado vocês a matar as perdizes que passavam diante de seus olhos?

Auguste: – Eles não teriam ajudado a matar as perdizes, papai, mas teriam ido buscar as que a gente matou, e aí...

Pai (interrompendo com um ar de surpresa): – As que vocês mataram? Vocês acham que mataram alguma perdiz?

Auguste: – Com certeza papai; é que, como a gente não via onde elas caíam, não dava pra buscar.

Pai (ainda surpreso): – E você não acha que, se uma perdiz tivesse caído, vocês teriam visto?

Auguste: – Não, porque nossa vista não é tão boa quanto a dos cachorros.

O pai, os tios e até mesmo os guardas explodiram em uma gargalhada que deixou as crianças vermelhas de raiva.

– Escutem – disse por fim o pai de Pierre e de Henri –, já que foi por falta de cães que suas presas se perderam, cada um de vocês terá o seu quando voltarmos à caça.

Pierre: – Mas os cães não vão querer vir com a gente, papai! Eles não conhecem a gente tão bem quanto conhecem vocês.

Pai: – Para fazê-los ir, os dois guardas também irão com vocês, e só sairemos daqui depois de meia hora, para que os cães não fiquem tentados a se juntar a nós.

Pierre (radiante): – Obrigado, papai! Que boa ideia! Com os cães, com certeza vamos matar tanto quanto vocês.

O almoço estava chegando ao fim, todos estavam descansados, e os jovens caçadores estavam ansiosos para retomar a caça com os cães e com os guardas.

– Agora vamos parecer verdadeiros caçadores – disseram eles com um tom de satisfação.

Então partiram mais uma vez, e eu fui atrás, como antes do almoço, mas sempre seguindo de longe. Os pais disseram aos guardas que ficassem perto das crianças e que impedissem qualquer descuido. Assim como de manhã, as perdizes partiam de todos os lados, e assim como de manhã, os meninos atiravam e não acertavam nada. Entretanto, os cães faziam seu trabalho corretamente: eles farejavam e apontavam, mas não buscavam nada, já que não havia nada para buscar. Por fim, Auguste, cansado de atirar e não matar, viu um dos cães apontando; imaginou que, se atirasse antes que a perdiz voasse, ele a mataria com mais facilidade. Ele mirou, atirou... e o cão caiu, debatendo-se e gritando de dor.

– Meu Deus do céu! Nosso melhor cão! – exclamou o guarda, avançando na direção dele.

Quando chegou, o cão já estava dando seu último suspiro, sem movimentos e sem vida. O disparo o atingira na cabeça.

– Que belo tiro o senhor deu, Auguste! – disse o guarda, deixando cair o pobre animal. – Acho que agora a caça chegou ao fim.

Auguste ficou imóvel e consternado, Pierre e Henri estavam abalados pela morte do cão, e o guarda controlava a própria raiva e olhava para ele, sem dizer palavra alguma.

Aproximei-me para ver quem era a infeliz vítima do descuido e da vaidade de Auguste. Qual não foi a minha dor ao reconhecer Médor, meu amigo, meu melhor amigo! E quais não foram meu horror e minha tristeza quando vi o guarda pegar Médor e colocá-lo em um dos cestos que eu carregava no lombo! Então era essa a presa que eu estava condenado a carregar? Médor, meu amigo, morto por um menino malvado, imprudente e orgulhoso.

Pegamos o caminho de volta para a fazenda; as crianças não falavam, o guarda deixava escapar de vez em quando um xingamento furioso, e eu tinha como único consolo o rígido castigo e a repreensão que o assassino estava prestes a sofrer.

Ao chegar à chácara, encontramos os caçadores, que, sem seus cães, preferiam descansar e aguardar o retorno das crianças.

– Já? – exclamaram eles ao nos verem chegar.

Pai de Pierre: – No fim das contas, parece que eles mataram mesmo uma grande presa. Cadichon está caminhando como se estivesse carregado, e um dos cestos está pendendo, como se contivesse algo bem pesado.

Eles se levantaram e vieram em nossa direção. Os meninos vinham atrás; o semblante confuso deles preocupou aqueles homens.

Pai de Auguste (rindo): – Eles não parecem felizes!

Pai de Pierre (rindo): – Talvez tenham matado um bezerro ou um carneiro que tomaram por um coelho.

O guarda se aproximou.

Pai: – O que houve, Michaud? Você parece tão perturbado quanto os caçadores.

– Há uma razão para isso, chefe – respondeu o guarda. – Trazemos uma triste presa.

Pai (rindo): – Minha nossa, qual? Um carneiro, um bezerro, um burrinho?

Guarda: – Ah, chefe! Não há motivo para graça. É seu cão Médor, o melhor do bando, que o senhor Auguste matou achando que fosse uma perdiz.

Pai: – Médor? Desastrado! Nunca mais voltará a caçar!

– Venha cá, Auguste – disse seu pai. – Veja o que seu orgulho estúpido e sua ridícula presunção provocaram! Despeça-se de seus amigos, rapazinho; você voltará para casa agora mesmo e deixará sua espingarda em meu quarto para nunca mais tocar nela, até que tenha recuperado a razão e a humildade.

– Mas papai – respondeu Auguste com um tom despreocupado –, não sei porque o senhor está tão zangado. É normal que cães morram durante a caça.

– Cães? Que cães morram? – exclamou o pai, estupefato. – Isso é demais para mim! Onde foi que o senhor aprendeu essas maravilhosas noções de caça?

– Papai – respondeu Auguste com o mesmo tom despreocupado –, todo mundo sabe que é muito comum que os grandes caçadores matem cães.

– Meus caros amigos – disse o pai dirigindo-se aos outros homens – queiram desculpar-me por ter trazido um menino mal-educado como Auguste. Eu não pensava que ele seria capaz de tamanha imprudência e estupidez.

Então, dirigindo-se ao seu filho:

– Você ouviu minhas ordem, rapaz, vamos.

Auguste: – Mas papai...

Pai (com um tom rude): – Silêncio! Obedeça-me! Se não quiser conhecer o cano da minha espingarda, não quero ouvir mais nenhum pio.

Auguste baixou a cabeça e saiu, completamente aturdido.

– Vejam, meus filhos – disse o pai de Pierre e de Henri –, aonde leva a presunção, isto é, a crença de que podemos fazer algo que na verdade não podemos. O que aconteceu com Auguste poderia acontecer com vocês também. Todos vocês acreditaram que não havia nada mais fácil que atirar corretamente, que bastava querer para matar; eis o resultado. Vocês três foram estúpidos desde o início deste dia e desprezaram nossos conselhos e nossa experiência. No fim das contas, os três são os culpados pela morte de meu pobre Médor. Vejo, depois de tudo o que aconteceu, que vocês são muito novos para caçar. Voltaremos a pensar no assunto daqui a um ou dois anos. Até lá, voltem aos jardins e às brincadeiras de criança. Será melhor para todos.

Pierre e Henri baixaram a cabeça sem responder. Voltamos para casa com pesar; as crianças quiseram enterrar no jardim meu infeliz amigo, cuja história vou lhe contar. O senhor entenderá por que eu o amava tanto.

MÉDOR

    Eu já conhecia Médor de longa data. Quando nos conhecemos e ficamos amigos, eu era jovem, e ele era mais jovem ainda. Na época, eu vivia miseravelmente com aqueles malvados fazendeiros que tinham me comprado de um vendedor de burros, e dos quais eu escapara com toda a minha habilidade. Eu era magro, porque estava passando fome. Médor, que fora entregue à família como um cão de guarda, mas que se revelara um incrível e excelente cão de caça, era menos infeliz que eu. Ele divertia as crianças, que lhe davam pão e sobras de queijos; além disso, ele confessou para mim que, quando conseguia se infiltrar na cozinha com a cozinheira ou com a criada, ele sempre dava um jeito de tomar uns goles de leite ou de creme e de abocanhar os pequenos pedaços de manteiga que pulavam para fora da batedeira enquanto era feita. Médor era bondoso e ficou comovido com minha magreza e fraqueza. Um dia, ele trouxe um pedaço de pão e o entregou para mim com um ar triunfante.

    – Coma, meu pobre amigo – disse-me na linguagem dele –; tenho pão suficiente que me dão para comer, e você só ganha uns cardos e ervas daninhas em quantidade que mal dá para sobreviver.

— Meu bom Médor — respondi —, tenho certeza de que você está se privando por minha causa. Não estou sofrendo tanto quanto você acha; estou acostumado a comer pouco, a dormir pouco, a trabalhar muito e a apanhar.

— Não estou com fome. Prove sua amizade por mim aceitando meu humilde presente. Não é muita coisa, mas dou com alegria; se você recusar, ficarei magoado.

— Então eu aceito, meu bom Médor — respondi —, porque gosto muito de você; e confesso que esse pão me fará muito bem, pois estou com fome.

Comi o pão do bom Médor, que assistia com alegria a vontade com a qual eu mastigava e engolia. Aquela refeição inesperada encheu-me de energia; contei aquilo para Médor, acreditando que seria a melhor forma de demonstrar minha gratidão. O resultado foi que todos os dias ele me trazia o maior dos pedaços que ganhava. À noite, vinha deitar perto de mim sob a árvore ou sob o arbusto que eu escolhia para dormir; então, conversávamos sem dizer nada. Nós, animais, não dizemos palavras como os humanos; nós nos compreendemos por piscadas de olhos e por movimentos de cabeça, orelhas e cauda, e conversamos assim como os humanos.

Certa noite, eu o vi chegar triste e abatido.

— Meu amigo — ele me disse —, temo que não poderei mais, a partir de agora, trazer-lhe uma parte do meu pão. Meus donos decidiram que já estou grande o suficiente para ficar preso durante todo o dia; agora, só me soltarão à noite. Além disso, minha dona deu uma bronca nas crianças por me darem pão demais; ela as proibiu de me dar qualquer coisa de hoje em diante, porque quer ela mesma me alimentar, e em pouca quantidade, para fazer de mim um bom cão de guarda.

— Meu bom Médor — eu lhe disse —, se é o pão que você traz que o está deixando preocupado, fique tranquilo, não preciso mais dele; descobri hoje de manhã um buraco na parede do celeiro; já consegui arrancar um pouco de feno e posso facilmente comê-lo todos os dias.

— Que ótima notícia! — exclamou Médor. — Fico feliz pelo que acabo de ouvir, mas eu tinha um grande prazer em dividir meu pão com você. E além disso, ficar preso o dia todo e não poder mais vir vê-lo é triste.

Continuamos conversando por mais algum tempo, e ele foi embora já bem tarde.

– Terei muito tempo para dormir durante o dia – ele dizia –; e você também não tem grande coisa a fazer nesta estação.

Durante todo o dia seguinte, realmente não vi meu pobre amigo. No início da noite, eu estava ansioso à espera dele quando ouvi seus gritos. Corri até a cerca e vi a malvada fazendeira pegando-o pela pele do cangote enquanto Jules batia nele com o chicote do carroceiro. Atravessei a cerca por uma pequena brecha entreaberta, joguei-me em cima de Jules e mordi o braço dele, fazendo-o largar o chicote. A fazendeira fez o que eu queria e soltou Médor, que conseguiu escapar; quanto a mim, soltei o braço de Jules e virei para voltar ao estábulo quando fui puxado pelas orelhas; era a fazendeira, que, em um acesso de fúria, gritava para Jules:

– Dê-me o chicote grande para que eu ensine uma lição a esse bicho ruim! Nunca se viu um burro tão ruim neste mundo! Dê-me ou bata nele você mesmo.

– Não consigo mexer o braço – disse Jules chorando –; está completamente inchado.

A fazendeira pegou o chicote que estava no chão e correu em minha direção para vingar o filho maldoso. Não fiz a besteira de esperá-la, como o senhor pode estar pensando. Dei um salto e escapei quando ela estava quase me apanhando; ela continuou a me perseguir e eu a escapar, tendo todo o cuidado para ficar fora do alcance do chicote. Eu me diverti muito com aquela perseguição; via a raiva da minha dona aumentando conforme ela ficava mais cansada; eu a fazia correr e transpirar sem ficar minimamente cansado. A malvada mulher estava mergulhada em suor, destruída pelo cansaço, e não teve o prazer nem mesmo de me tocar com a ponta do chicote. Meu amigo estava suficientemente vingado quando a perseguição acabou. Eu o procurei com os olhos, porque o tinha visto correr para o meu estábulo; ele estava escondido, esperando que sua cruel dona fosse embora.

– Miserável! Celerado! – gritou a fazendeira enfurecida enquanto ia embora. – Você vai me pagar quando eu lhe meter a sela!

Fiquei sozinho. Depois que chamei, Médor tirou timidamente a cabeça do buraco onde estava escondido; corri até ele.

– Venha! – eu lhe disse. – Ela já foi embora. O que você fez? Por que ela mandou Jules bater em você?

– Porque eu estava com um pedaço de pão que uma das crianças derrubara no chão. Ela viu, correu para cima de mim, chamou Jules e mandou que ele me batesse sem piedade.

– E ninguém o tentou defender?

– Me defender? Quem me dera! Todos gritaram: "Bem-feito! Bem-feito! Chicoteie-o, Jules, para que ele não faça de novo!". "Fiquem tranquilos", respondeu Jules, "não vou pegar leve, vocês vão ver como vou fazê-lo cantar". E ao meu primeiro grito, todos bateram palmas e gritaram: "Muito bem! De novo, de novo!".

– Pequenos maldosos! – eu exclamava. – Mas por que você pegou esse pedaço de pão, Médor? Não tinham lhe dado seu jantar?

– Tinham, sim. Eu já tinha comido, mas o pão da minha sopa estava tão despedaçado que não consegui tirar nenhuma porção para você, e se eu tivesse conseguido lhe trazer aquele enorme pedaço que as crianças derrubaram, você teria se fartado.

– Meu pobre Médor, foi por minha causa que você apanhou! Obrigado, meu amigo, obrigado; nunca esquecerei sua amizade e sua bondade! Mas não faça isso de novo, eu lhe suplico. Você acha que esse pão teria me deixado feliz se eu soubesse o sofrimento que lhe custara? Eu preferiria mil vezes viver à base de cardos se soubesse que você estava sendo bem tratado e feliz.

Continuamos conversando por muito tempo, e fiz Médor prometer que não se meteria de novo, por minha causa, em uma situação que o fizesse apanhar. Prometi a ele que daria uma lição em todos os moradores da fazenda, e mantive minha palavra. Um dia, derrubei Jules e sua irmã em um fosso cheio de água e fugi enquanto eles ficaram se debatendo na água. Outro dia, persegui o pequeno de três anos como se quisesse mordê-lo; ele gritava e corria com tamanho pavor que me divertia. Uma outra vez, fingi que estava morrendo de cólica e me joguei no meio da estrada com uma carga de ovos no lombo; todos se quebraram. A fazendeira, embora estivesse furiosa, não se atrevia a me bater, pois realmente acreditava que eu estava doente; pensou que eu iria morrer e que o dinheiro que eu lhes tinha custado seria perdido; então, em vez de bater em mim, ela me trouxe feno e farelo de aveia. Nunca preguei uma peça tão boa em toda a minha vida, e à noite, ao contá-la a Médor, nós rolávamos de rir. Em outra ocasião, vi as roupas deles estendidas na cerca para secar. Peguei todas as peças com meus dentes, uma a uma, e as joguei no charco de estrume. Ninguém me viu fazer aquilo. A mulher procurou as roupas em toda parte, mas não teve sucesso; quando as encontrou encharcadas no estrume, foi tomada por uma imensa raiva. Bateu na criada, que bateu nas crianças, que bateram nos gatos, nos cães, nos bezerros e nas ovelhas. Aquele rebuliço era adorável para mim, porque todos gritavam, todos xingavam, todos estavam furiosos. Foi mais uma noite muito alegre que Médor e eu passamos juntos.

Depois, ao pensar em todas aquelas maldades, eu me arrependi sinceramente, porque estava castigando inocentes pelos erros dos verdadeiros culpados. Médor às vezes me repreendia e me aconselhava a ser melhor e mais indulgente, mas eu não o escutava e me tornava cada vez mais maldoso. Paguei um alto preço por isso, como veremos mais tarde.

Um dia, dia de tristeza e de luto, um senhor que passava viu Médor, chamou-o e fez carinho nele. Depois, foi conversar com o fazendeiro e o comprou por cem francos. O fazendeiro, que achava que tinha um cão de pouco valor, ficou extasiado. Meu pobre amigo foi imediatamente amarrado com um pedaço de corda e levado por seu novo dono. Quando vi a expressão de sofrimento com a qual ele me olhava, corri para todos os lados em busca de uma brecha na cerca, mas as frestas estavam todas cobertas. Não tive nem mesmo o consolo de poder me despedir do meu querido Médor. Daquele dia em diante, fui ficando cada vez mais enfadado; pouco tempo depois, aconteceu aquela história do mercado e da minha fuga pela floresta de Saint-Evroult. Durante os anos que se seguiram àquela aventura, muitas vezes, muitas vezes mesmo, pensei em meu amigo e tive o desejo de reencontrá-lo; mas onde poderia procurá-lo? Eu sabia apenas que seu novo dono não morava na cidade e que só viera para visitar um de seus amigos.

Quando fui levado à casa da avó do senhor pelo meu pequeno Jacques, imagine qual não foi minha alegria ao ver chegar, algum tempo depois, com seu tio e seus primos Pierre e Henri, meu amigo, meu caro amigo Médor. O senhor precisava ver a surpresa de todos quando viram Médor correr em minha direção e fazer-me mil carinhos, e quando viram que eu o seguia por toda parte. Pensaram que Médor estava feliz por estar no campo; e que eu estava contente por ter um companheiro de passeio. Se pudessem nos entender e desvendar nossas longas conversas, teriam compreendido a nossa ligação.

Médor ficava extasiado com tudo que eu lhe contava a respeito da minha vida calma e feliz, da bondade de meus donos, da minha boa e até mesmo gloriosa reputação na cidade. Ele se compadeceu ao ouvir o relato das minhas tristes aventuras; riu, ao mesmo tempo que me censurava, das peças que preguei no fazendeiro que me comprara do pai de Georget; estremeceu de orgulho ao ouvir a história da minha vitória na corrida de burros; gemeu com a ingratidão dos pais da pobre Pauline e derrubou algumas lágrimas ao ouvir o triste destino daquela infeliz criança.

As crianças da escola

Um dia, Médor se afastara da casa onde havia nascido e onde vivia muito feliz; estava perseguindo um gato que lhe tinha roubado um pedaço de carne dado pelo cozinheiro. Achavam que a carne já estava passada; Médor, que não tinha um paladar tão exigente, pegou-a e a deixou perto de sua casinha, mas o gato, escondido bem ao lado, jogou-se em cima dela e a levou. Era raro que meu amigo pudesse fazer refeições fartas como aquela, então, correu a toda velocidade atrás do ladrão e estava quase o alcançando quando o pulha do gato teve a ideia de subir em uma árvore. Médor não conseguia subir àquela altura; foi, então, obrigado a assistir ao patife devorar bem diante de seus olhos aquele apetitoso pedaço de carne surrupiado. Irritado com razão por tamanho atrevimento, ficou aos pés da árvore, latindo, rosnando e fazendo milhares de reclamações. Seus latidos atraíram crianças que estavam saindo da escola; elas se juntaram a Médor para xingar o gato, chegando ao ponto de jogar pedras nele; era uma verdadeira saraivada de pedras. O gato se escondeu no topo da árvore, embrenhando-se nos lugares mais espessos, o que não impediu os maldosos meninos de continuar aquela brincadeira e de gritar de alegria toda vez que um miado de dor lhes demonstrava que o gato fora atingido e ferido.

Médor estava começando a ficar cansado daquela brincadeira; os miados sofridos do gato tinham feito sua raiva passar, e ele temia que as crianças estivessem sendo cruéis demais. Então, começou a latir para elas e a puxá-las pelas blusas; elas não só continuaram jogando as pedras, como também começaram a atirar algumas em meu pobre amigo. Por fim, um grito rouco e assustador, seguido por um estalo nos galhos, anunciou que eles tinham conseguido, que o gato tinha sido gravemente ferido e estava caindo da árvore. Um minuto depois, ele estava no chão, não apenas ferido, mas morto; sua cabeça fora atingida por uma pedra. As maldosas crianças se regozijaram com seu sucesso, em vez de chorar por sua crueldade e pelos sofrimentos que provocaram naquele pobre animal. Médor olhava para seu inimigo com compaixão, e para os meninos com um olhar de repreensão. Quando decidiu voltar para casa, uma das crianças gritou:

– Vamos levá-lo para um banho no rio, vai ser divertido!

– Falou e disse, bem pensado! – exclamaram os outros. – Pegue ele, Frédéric, ele está fugindo!

Então Médor foi perseguido por aqueles vagabundos que corriam a toda velocidade. Infelizmente, os meninos eram doze e se espalharam, obrigando Médor a correr sempre para a frente, já que era cercado tão logo tentava escapar pela direita ou pela esquerda; aquilo dificultava sua fuga, em vez de facilitá-la. Ele era muito novo naquela época, só tinha quatro meses; não conseguia correr muito rápido nem por muito tempo; por fim, acabou sendo pego. Um o puxou pelo rabo, outro pela pata, outros pelo pescoço, pelas orelhas, pelas costas, pela barriga; cada um o puxava por um lado e todos se divertiam com os gritos dele. Por fim, amarraram no pescoço dele uma corda que estava apertada a ponto de estrangulá-lo, arrastaram-no e o fizeram andar à base de pontapés. Foram assim até chegar ao rio; um deles ia jogá-lo na água depois que desfez a corda, mas o mais alto gritou:

– Espere, dê a corda para mim, vamos amarrar duas bexigas no pescoço dele para fazê-lo nadar; vamos levá-lo até a fábrica e fazê-lo passar debaixo do moinho.

O pobre Médor debatia-se em vão. O que ele poderia fazer contra uma dúzia de meninos dos quais os mais novos tinham pelo menos dez anos? André, o pior do grupo, amarrou as duas bexigas no pescoço de Médor e o jogou bem no meio do riacho. Meu infeliz amigo, impelido mais pela corrente que pelas varas de seus carrascos, estava em parte se afogando e em parte sendo estrangulado pela corda, que a água deixara ainda mais apertada. Chegou até o lugar onde a água corria violentamente para debaixo do moinho da fábrica. Assim que estivesse sob o moinho, seria inevitavelmente triturado.

Os trabalhadores estavam voltando do jantar e foram erguer a pá que segurava a água. O homem que deveria erguê-la avistou Médor e dirigiu-se às maldosas crianças que esperavam, às gargalhadas, que a pá fosse levantada e deixasse Médor passar, fazendo que a água o arrastasse para debaixo do moinho.

– Mais uma brincadeira de mau gosto desses fedelhos! Amigos, ajudem-me! Venham dar uma lição nesses vagabundos que querem se divertir afogando um pobre cão.

Seus colegas vieram ajudá-lo e, enquanto ele socorria Médor estendendo-lhe uma placa, na qual o cão subiu, os outros correram atrás daqueles torturadores, pegaram-nos e bateram neles; em alguns com cordas, em outros com chicotes, em outros com bastões. Todos gritavam, um mais alto que o outro; os trabalhadores batiam com cada vez mais força. Por fim, deixaram-nos ir e o grupo meteu o pé, gritando, berrando e esfregando onde doía.

O salvador de Médor rompera a corda que o estava estrangulando e o estendeu no feno sob o sol; logo Médor estava seco e pronto para voltar para casa. O ferreiro o levou de volta, mas lhe disseram que ele podia ficar com o cão, pois já tinham muitos na casa, e que jogariam Médor na água com uma pedra no pescoço se não fosse levado dali. O ferreiro, que era um homem muito honrado, teve piedade de Médor e o levou consigo. Quando sua mulher viu o cachorro, começou a gritar em alto e bom som, dizendo que o marido estava acabando com a vida dela, que ela não tinha como alimentar um animal que não serviria para nada e que ainda teriam que pagar impostos sobre os cães.

Enfim, ela gritou e reclamou tanto que o marido, para ser deixado em paz, livrou-se de Médor entregando-o ao malvado fazendeiro com o qual eu vivia e que precisava de um cão de guarda.

Foi assim que Médor e eu nos conhecemos, e é por isso que ficamos tão unidos.

O BATISMO

Pierre e Camille seriam padrinho e madrinha de uma criança que acabara de nascer, e cuja mãe fora babá de Camille.

Camille queria que dessem seu nome à afilhada.

– De jeito nenhum – disse Pierre –; como eu sou o padrinho, tenho o direito de dar um nome para ela, e quero que ela se chame Pierrette.

Camille: – Pierrette? Que nome ridículo! De jeito nenhum. Não quero que ela se chame Pierrette. O nome dela será Camille; eu sou a madrinha e tenho o direito de dar meu nome a ela.

Pierre: – Não, é o padrinho que tem mais direitos, e eu quero que o nome dela seja Pierrette.

Camille: – Se você quiser o nome Pierrette, não vou mais ser madrinha.

Pierre: – E se você quiser o nome Camille, não vou mais ser padrinho.

Camille: – Pois bem! Como quiser; vou pedir ao papai que seja padrinho em seu lugar.

Pierre: – E eu, senhorita, vou pedir à mamãe que seja madrinha em seu lugar.

Camille: – Para começar, tenho certeza de que minha tia não vai querer que ela se chame Pierrette; esse nome é bizarro e ridículo!

Pierre: – E eu tenho certeza de que meu tio não vai querer que ela se chame Camille; esse nome é horrível e idiota!

Camille: – E por que é que ele me chamou de Camille, então? Vá dizer a ele que meu nome é horrível e idiota! Vá, meu querido, e você vai ver como vai ser bem recebido.

Pierre: – Enfim, diga o que quiser, mas eu vou dizer que não vou ser padrinho de uma Camille.

– Papai – disse Camille com malícia ao correr em direção a seu pai –, o senhor quer ser padrinho da pequena Camille junto comigo?

Pai: – Que Camille, pequenina? A única Camille que conheço é você.

Camille: – É minha afilhada, papai, que quero chamar de Camille quando a gente for batizar ela hoje.

Pai: – Mas Pierre será padrinho com você; não pode haver dois padrinhos.

Camille: – Papai, Pierre não quer mais ser padrinho.

Pai: – Não quer mais? Que história é essa?

Camille: – É que ele acha Camille um nome feio e idiota e quer chamar a menina de Pierrette.

Pai: – Pierrette? Mas esse sim seria um nome feio e idiota.

Camille: – Foi o que eu disse a ele, papai, mas ele não quer acreditar em mim.

Pai: – Escute, minha filha, trate de se entender com seu primo, mas se ele insistir em não ser padrinho se não a puder chamar de Pierrette, ficarei no lugar dele com alegria.

Durante essa conversa de Camille com seu pai, Pierre havia corrido para sua mãe.

– Mamãe – ele lhe disse –, a senhora pode substituir Camille e ser madrinha comigo da menina que vamos batizar hoje?

Mãe: – Por que substituir Camille? A babá pediu que fosse ela a madrinha.

Pierre: – Mamãe, é que ela quer que a menina se chame Camille; eu acho esse nome muito feio e, como sou o padrinho, quero que ela se chame Pierrette.

Mãe: – Pierrette? Que nome ridículo! Pierre é um nome tão bonito quanto Pierrette é ridículo.

Pierre: – Mas mamãe, por favor, deixe eu escolher Pierrette... mais do que tudo, não quero que ela se chame Camille.

Mãe: – Mas se nenhum de vocês dois quer ceder, o que vão fazer?

Pierre: – É por isso, mamãe, que estou pedindo que a senhora substitua Camille, para que eu possa chamar a pequena de Pierrette.

Mãe: – Meu pobre Pierre, em primeiro lugar, preciso ser sincera e dizer que eu também não quero Pierrette, porque é um nome ridículo. Além disso, a mãe da criança foi babá de Camille, e não sua, então pense que é principalmente Camille que ela quer ter como madrinha da filha dela. Acho até que ela ficará contente em dar o nome de Camille à menina.

Pierre: – Então não quero ser padrinho.

Camille chegou correndo no mesmo instante.

Camille: – E então, Pierre, decidiu? A gente vai sair daqui a uma hora e precisa ter um padrinho.

Pierre: – Eu aceito que ela não se chame Pierrette, mas não quero que ela se chame Camille.

Camille: – Se você aceita abrir mão de Pierrette, eu aceito abrir mão de Camille. Vamos fazer uma coisa: vamos perguntar à minha babá qual nome ela quer dar para a filha dela.

Pierre: – Você está certa, vá perguntar a ela.

Camille saiu correndo e voltou pouco tempo depois.

– Pierre, Pierre, minha babá quer que a filha dela se chame Marie-Camille.

Pierre: – Você perguntou se não devíamos dar o nome de Pierrette, já que sou o padrinho?

Camille: – Sim, eu perguntei. Ela começou a rir e mamãe também; elas disseram que seria impossível, porque Pierrette é um nome feio demais.

Pierre ficou um pouco envergonhado, mas como ele mesmo estava começando a achar Pierrette um nome ridículo, não disse nada e suspirou.

– Onde estão as amêndoas confeitadas? – ele perguntou.

Camille: – Em um grande cesto que vamos levar para a igreja. Vamos deixar aqui as caixas e os pacotes. Está tudo pronto, venha ver quantos são.

Eles correram para a antecâmara, onde tudo estava preparado.

Pierre: – Para que servem todas essas moedas? Há quase tantas moedas quanto amêndoas confeitadas.

Camille: – É para jogá-las para as crianças da escola.

Pierre: – Como assim, para as crianças da escola? Então vamos à escola depois do batismo?

Camille: – Não, é para jogar da porta da igreja. Todas as crianças da cidade se reúnem e jogamos punhados de amêndoas e de moedas para o alto; elas pegam o que cai no ar e no chão.

Pierre: – Você já viu alguém jogar amêndoa para o alto?

Camille: – Nunca vi, mas dizem que é muito divertido.

Pierre: – Acho que não vou gostar disso, porque com certeza vai haver um monte de empurrões e machucados. E depois, não gosto da ideia de jogar amêndoas confeitadas para as crianças, como se elas fossem cães.

– Camille, Pierre, venham, a criança está chegando; vamos sair daqui a pouco – gritou Madeleine, que chegava completamente esbaforida.

Todos saíram correndo para ver a criança.

– Como é bela nossa afilhada! – disse Pierre.

Camille: – Ela é mesmo! Veja esse vestidinho todo bordado, essa touquinha de renda e esse casaquinho forrado em seda rosa.

Pierre: – Foi você quem deu tudo isso?

Camille: – Eu não! Eu não tinha tanto dinheiro assim; foi mamãe quem pagou tudo, menos a touquinha, essa eu comprei com meu dinheiro.

Todos estavam prontos. Embora o dia estivesse muito bonito, a caleche estava atrelada para levar a criança com a babá, o padrinho e a madrinha. Camille e Pierre estavam felizes por irem sozinhos, como se fossem adultos.

Eles partiram; quanto a mim, eu esperava, atrelado à pequena charrete das crianças. Louis, Henriette e Elisabeth foram na frente, para conduzir, e Henri subiu atrás; as mães, os pais e as babás saíram uns atrás dos outros e ficaram perto de nós para o caso de ocorrer algum acidente, mas só por excesso de zelo, porque sabiam que comigo não havia nada a temer.

Saí galopando, apesar do peso que estava carregando; minha vaidade me impelia a alcançar e até mesmo a ultrapassar a caleche. Eu ia na velocidade do vento; as crianças estavam maravilhadas.

– Muito bem! – elas gritavam. – Coragem, Cadichon! Continue galopando! Viva Cadichon, o rei dos burros!

Festejavam e aplaudiam.

– Muito bem! – gritavam as pessoas que eu ultrapassava na estrada. – Veja, um burro! Ele corre como um cavalo! Vamos, corajoso, boa sorte e nada de cair!

Os pais e as mães, que ficaram para trás, não estavam tão tranquilos. Tentaram me mandar desacelerar, mas eu não os escutava e galopava cada vez mais rápido. Não demorei para alcançar a caleche; ultrapassei triunfalmente os cavalos, que me olhavam com espanto. Sentindo-se humilhados por serem ultrapassados por um burro mesmo tendo saído antes, eles também quiseram começar a galopar, mas o cocheiro os deteve e eles foram obrigados a desacelerar o ritmo, enquanto eu acelerava.

Quando a caleche chegou à porta da igreja, todos os meus pequenos donos e donas já tinham descido da charrete; quanto a mim, eu tinha me acomodado junto a uma cerca sob a sombra, pois estava com calor e ofegante.

Os pais, que iam chegando, elogiavam minha velocidade e parabenizavam as crianças por seu transporte.

A verdade é que fazíamos uma bela dupla, minha charrete e eu. Eu estava bem escovado e bem penteado; meu arreio estava polido, envernizado e decorado com pompons vermelhos; tinham colocado dálias vermelhas e brancas nas minhas orelhas. A charrete estava lavada e envernizada. Nossa aparência era magnífica.

Ouvi a cerimônia de batismo pela abertura da janela; a criança gritava tanto que parecia que estava sendo degolada. Camille e Pierre, um pouco constrangidos com o tamanho deles, se confundiram ao dizer o credo, e o pároco precisou ajudá-los. Dei uma espiada através da janela: vi a pobre madrinha e o infeliz padrinho vermelhos como um pimentão e com os olhos cheios de lágrimas. Entretanto, aquilo que estava acontecendo com eles era muito natural e acontecia a pessoas muito importantes.

Quando o batizado da pequena Marie-Camille terminou, saíram da igreja para jogar às crianças, que esperavam em frente à porta, as amêndoas confeitadas e as moedas. Assim que o padrinho e a madrinha apareceram, as crianças gritaram todas juntas: – Viva o padrinho! Viva a madrinha!

O cesto de amêndoas estava pronto; entregaram-no a Camille, enquanto davam a Pierre o cesto de moedas. Camille pegou um punhado de amêndoas e a fez cair como chuva sobre as crianças; ali começou uma verdadeira batalha, uma verdadeira cena de cães esfomeados. As crianças disputavam as amêndoas e as moedas: todas se jogavam na mesma direção, arrancavam os cabelos umas das outras, batiam-se, rolavam no chão, brigavam por cada amêndoa e por cada moeda. Metade se perdeu, foi pisoteada ou desapareceu na grama. Pierre não estava vendo graça naquilo; Camille, que rira nos primeiros lançamentos, tinha parado de rir, pois estava vendo que as brigas eram sérias, que muitas crianças choravam e que outras estavam com o rosto arranhado.

Quando voltaram à charrete, Camille disse:

– Você tinha razão, Pierre; na próxima vez que eu for madrinha, vou dar as amêndoas para cada uma das crianças, em vez de jogar.

– Eu também não vou jogar as moedas – disse Pierre –, vou dá-las assim como você.

A caleche foi embora e eu não consegui ouvir a continuação daquela conversa.

Meus passageiros subiram novamente na charrete, mas desta vez os pais e as mães quiseram nos acompanhar.

– Cadichon já deu seu espetáculo – disse a mãe de Camille –; pode voltar com mais cuidado, vamos fazer o caminho com vocês.

– Mamãe – disse Madeleine –, a senhora gosta desse costume de jogar as amêndoas confeitadas e as moedas para as crianças?

Mãe: – Não, minha pequenina, acho terrível. Parece que as crianças se transformam em cães disputando um osso. Se um dia eu for madrinha nesta cidade, mandarei distribuir as amêndoas e dar aos pobres o dinheiro que é desperdiçado nas moedas, porque grande parte delas se perde.

Madeleine: – A senhora está certa, mamãe; dê um jeito, por favor, para que eu também seja madrinha, para fazer como a senhora está dizendo.

Mãe (sorrindo): – Para ser madrinha, é preciso haver uma criança a ser batizada, e não conheço nenhuma.

Madeleine: – Que pena! Eu podia ser madrinha com Henri. Que nome você ia dar para seu afilhado, Henri?

Henri: – Henri, claro; e você?

Madeleine: – Eu o chamaria de Madelon.

Henri: – Que horror! Madelon! Para começo de conversa, isso nem é um nome.

Madeleine: – É um nome sim, como Pierrette.

Henri: – Pierrette é mais bonito, e você sabe que Pierre desistiu.

– Eu também poderia desistir – disse Madeleine, rindo –, mas ainda temos tempo para pensar.

Chegamos ao casarão; todos desceram da charrete e foram tirar suas belas roupas; também tiraram de mim meus pompons e minhas dálias, e fui pastar enquanto as crianças comiam seu lanche.

O BURRO INTELIGENTE

Um dia, vi as crianças correndo no campo onde eu estava comendo tranquilamente, bem perto do casarão. Louis e Jacques estavam brincando perto de mim e se divertiam subindo habilidosamente em meu lombo. Eles acreditavam que eram ágeis como ilusionistas, mas a verdade é que eram um pouco rechonchudos, principalmente o pequeno Jacques, gordinho, bochechudo, mais entroncado e mais baixo que seu primo. Louis às vezes conseguia, segurando minha cauda, subir (ele dizia *se lançar*) em meu lombo; Jacques fazia um esforço imenso para conseguir a mesma proeza; mas o pequeno rolava, caía, perdia o ar, e só tinha sucesso com a ajuda de seu primo, um pouco mais velho que ele. Para poupá-los de todo aquele cansaço, posicionei-me perto de uma pequena elevação de terra. Louis já tinha demonstrado sua agilidade; Jacques tinha acabado de subir sem grande esforço quando ouvimos o alegre bando chegar correndo. – Jacques, Louis – eles gritavam – vamos nos divertir muito; vamos à feira depois de amanhã ver um burro inteligente.

Jacques: – Um burro inteligente? O que é um burro inteligente?

Elisabeth: – É um burro que sabe fazer todos os tipos de truques.

Jacques: – Quais truques?

Madeleine: – Truques... truques, ora... truques.

Jacques: – Ele nunca vai fazer o que Cadichon faz.

Henri: – Ué! Cadichon? Ele é muito bom e muito inteligente para um burro, mas não sabe fazer o que o burro inteligente da feira fará.

Camille: – Tenho certeza de que ele faria se a gente mostrasse.

Pierre: – Vamos primeiro ver o que esse burro inteligente sabe fazer, e depois a gente decide se ele é mais inteligente que Cadichon.

Camille: – Pierre está certo, vamos esperar a feira.

Elisabeth: – E o que a gente vai fazer depois da feira?

Madeleine (rindo): – A gente vai brigar.

Jacques e Louis trocaram alguns cochichos e desde então ficaram em silêncio; deixaram as crianças ir embora. Depois de terem certeza de que não seriam vistos nem ouvidos, eles começaram a dançar ao meu redor, rindo e cantando:

Cadichon, Cadichon,
À feira você irá;
O burro inteligente você verá;
O que ele faz você observará;
Depois, como ele você fará;
Todo mundo o honrará;
Todo mundo o aplaudirá,
E você nos orgulhará.
Cadichon, Cadichon,
Por favor, você se destacará.

– Que bonito isso que estamos cantando – disse Jacques de repente.

Louis: – São versos, são mesmo muito bonitos!

Jacques: – Versos? Eu achava que era difícil fazer versos.

Muito fácil,
Como você pode ver;
Nada difícil,
Como você deve entender.

Louis: – Viu? Fiz de novo.

Jacques: – Vamos mostrá-los para meus primos e minhas primas.

Louis: – Não, não, se eles ouvirem nossos versos, vão descobrir o que queremos fazer; temos que pegar eles de surpresa na feira.

Jacques: – Mas você acha que papai e meu tio vão deixar a gente levar Cadichon para feira?

Louis: – Certamente, assim que a gente disser em segredo por que quer que Cadichon veja o burro inteligente.

Jacques: – Então vamos pedir logo.

Quando eles saíram correndo em direção à casa, os pais estavam justamente vindo ao campo para ver o que as crianças estavam fazendo. – Papai, papai! – gritaram eles. – Venham logo; temos algo para pedir.

– Digam, crianças, o que querem?

– Aqui não, papai, aqui não – disseram eles com um ar misterioso, cada um puxando seu pai para o campo.

– Ora, o que está acontecendo? – perguntou rindo o pai de Louis. – Em qual conspiração vocês querem nos enfiar?

– *Shhhhhh!* Silêncio, papai! – disse Louis. – Vou contar. Vocês estão sabendo que depois de amanhã vai ter um burro inteligente na feira?

Pai de Louis: – Não, eu não sabia; mas que interesse teríamos em burros inteligentes, se já temos Cadichon?

Louis: – É exatamente isso que estamos dizendo, papai, que Cadichon é mais inteligente que qualquer burro. Minhas irmãs, minhas primas e meus primos vão à feira para ver esse burro, e nós queremos levar Cadichon para ele ver e repetir o que o burro fizer.

Pai de Jacques: – Que história é essa? Vocês vão enfiar Cadichon no meio da multidão que verá o burro?

Jacques: – Sim, papai, em vez de ir de carro, a gente monta em Cadichon e chega pertinho do círculo onde o burro inteligente vai fazer os truques.

Pai de Jacques: – Acho uma ótima ideia; mas não acredito que Cadichon aprenderá muita coisa em uma única aula.

Jacques: – Não é verdade, Cadichon, que você vai saber fazer tão bem quanto esse estúpido burro inteligente?

Ao me fazer essa pergunta, Jacques me olhava com um semblante tão preocupado que comecei a relinchar para tranquilizá-lo, achando graça de sua preocupação.

– Viu, papai? Cadichon disse sim – gritou Jacques, vitorioso.

Os dois pais começaram a rir, abraçando seus pequenos e gentis meninos, e foram embora prometendo que eu iria à feira e que eles também iriam com as crianças e comigo.

"Ah", pensei comigo mesmo, "eles duvidam da minha destreza! É surpreendente como os filhos são mais inteligentes que os pais!"

O dia da feira chegou. Uma hora antes de sairmos, limparam-me cuidadosamente; escovaram-me, esfregaram-me até me deixarem cansado; colocaram em mim sela e rédea novinhas. Louis e Jacques pediram para sair na frente, para que não chegassem atrasados.

– Por que vocês vão na frente – perguntou Henri – e como vão?

Louis: – A gente vai com Cadichon, e vai na frente porque vai devagar.

Henri: – Vocês dois vão sozinhos?

Jacques: – Não, papai e meu tio vão com a gente.

Henri: – Mas vai ser chato demais fazer uma légua a pé.

Louis: – Não vai não! Não vai ser chato com nossos pais.

Henri: – Prefiro ir de carro, a gente vai chegar bem antes de vocês.

Jacques: – Não, porque a gente vai sair bem antes de vocês.

Quando estavam terminando essa conversa, cheguei todo aprumado e selado; os pais estavam prontos; colocaram os meninos no meu lombo e eu saí devagarinho, para não obrigar os pobres pais a correr.

Uma hora depois, chegamos ao local da feira; já havia uma multidão perto do círculo, delimitado por uma corda, onde o burro inteligente mostraria suas habilidades. Os pais dos meus companheirinhos nos levaram até a corda. Meus outros donos e donas logo nos alcançaram e se juntaram a nós.

Um rufar de tambores anunciou que meu inteligente camarada estava para chegar. Todos os olhos estavam fixados nas portas; elas finalmente se abriram e o burro inteligente surgiu. Ele era magro, franzino; parecia triste e infeliz. Seu mestre o chamou; ele aproximou-se sem pressa, e até mesmo com um semblante de medo. Percebi que o pobre animal apanhara muito para aprender o que sabia.

– Senhoras e senhores – disse o mestre –, tenho a honra de lhes apresentar Mirliflore, o príncipe dos burros. Este burro, senhoras e senhores, não é tão burro quanto seus camaradas; é um burro inteligente, mais inteligente que muitos aqui: é o burro por excelência, não há outro igual. Vamos, Mirliflore, mostre o que você sabe fazer. Primeiramente, cumprimente esses senhores e essas damas, como o burro bem-educado que você é.

Eu era orgulhoso e aquele discurso despertou minha raiva; decidi me vingar antes mesmo do fim do espetáculo.

Mirliflore deu três passos e fez um cumprimento com a cabeça, com um semblante sofrido.

– Vá, Mirliflore, leve esse buquê à mais bela dama da sociedade.

Eu ri vendo todas as mãos se estenderem timidamente, desejosas de ganhar o buquê. Mirliflore deu uma volta no círculo e parou diante de uma mulher gorda e feia, que depois eu soube que era a mulher do mestre, e lhe entregou as flores.

Aquela falta de bom gosto me deixou indignado; pulei para dentro do círculo por cima da corda, para grande surpresa do público; cumprimentei graciosamente as pessoas que estavam na frente, atrás, à direita e à esquerda, caminhei com um andar decidido até a mulher gorda, arranquei o buquê das mãos dela e o deixei sobre os joelhos de Camille; retornei ao meu lugar sob os aplausos de toda a multidão. Todos se perguntavam o que significava aquela exibição; alguns pensaram que aquilo fora combinado previamente e que havia dois burros sábios em vez de um; outros, que me viam na companhia de meus senhorzinhos e que me conheciam, estavam encantados com minha inteligência.

O dono de Mirliflore parecia muito contrariado, e Mirliflore parecia indiferente à minha vitória. Comecei a acreditar que aquele burro era realmente *burro*, o que é muito raro entre os burros. Quando se fez silêncio novamente, o homem chamou Mirliflore mais uma vez.

– Venha, Mirliflore, mostre a esses senhores e a essas damas que, além de saber distinguir sua beleza, você também sabe reconhecer a tolice; pegue este chapéu e coloque-o na cabeça do mais tolo entre o público.

E lhe entregou um magnífico chapéu de burro enfeitado com sinos e fitas de todas as cores. Mirliflore o segurou com os dentes e se dirigiu a um menino gordo e vermelho que baixava a cabeça para receber o chapéu. Era fácil perceber, pela sua semelhança com a gorda mulher que fora equivocadamente escolhida como a mais bela da sociedade, que aquele gordo menino era filho e comparsa do mestre.

"Esse é o momento", pensei, "de me vingar pelas palavras insultantes desse imbecil".

Antes que pudessem pensar em me deter, invadi de novo a arena, corri até meu camarada, arranquei-lhe o chapéu de burro no momento em que ele o colocava na cabeça do menino gordo e, antes que o mestre tivesse tempo de entender o que estava acontecendo, corri até ele, apoiei minhas patas em seus ombros e tentei colocar o chapéu na cabeça dele. Ele me empurrou com violência e ficou tão furioso que as risadas misturadas com os aplausos podiam ser ouvidas de todos os lados.

– Muito bem, burro! – gritavam. – É ele o verdadeiro burro inteligente!

Encorajado pelos aplausos da multidão, fiz mais um esforço para coroá--lo com o chapéu de burro. Conforme ele recuava, eu avançava, e acabamos em uma rápida perseguição; o homem escapava a toda velocidade e eu corria atrás dele, sem conseguir colocar o chapéu nele, mas também tentando não lhe fazer mal. Por fim, tive a ideia de pular nas costas dele apoiando minhas patas dianteiras em seus ombros; quando coloquei todo o meu peso sobre ele, ele caiu; aproveitei a queda para colocar o chapéu na cabeça dele, afundando-o até o queixo. Retirei-me logo em seguida; o homem se levantou, mas, sem conseguir enxergar com clareza e sentindo-se atordoado pela queda, começou a girar e a pular. Para completar aquele espetáculo, comecei a imitá-lo de forma grotesca, girando, pulando como ele; de vez em quando eu interrompia aquela imitação burlesca para relinchar na orelha dele, e então eu me erguia sob as patas traseiras e pulava como ele, às vezes ao lado, às vezes na frente dele.

Descrever as gargalhadas, os parabéns, as batidas de pés felizes de todo aquele público seria impossível; nunca, em todo o mundo, um burro teve sucesso semelhante, triunfo semelhante. O círculo foi invadido por milhares de pessoas que queriam me tocar, me acariciar, me ver de perto. Aqueles que me conheciam estavam orgulhosos; eles me apresentavam aos que não me conheciam; contavam um monte de histórias verdadeiras e falsas nas quais eu desempenhava um magnífico papel. Uma vez, diziam, eu havia apagado um incêndio completamente sozinho com um único extintor; havia subido até o terceiro andar, aberto a porta da minha dona, tirado-a da cama enquanto dormia e, como as chamas já tinham invadido todas as escadas e janelas, eu havia me jogado do terceiro andar, após ter tido o cuidado de colocar a menina em meu lombo: nem ela nem eu ficamos feridos, porque o anjo da guarda da minha dona nos havia sustentado no ar para nos fazer descer até o chão suavemente. Uma outra vez, eu havia matado completamente sozinho cinquenta bandidos, estrangulando-os um de cada vez com uma única dentada, de forma que nenhum deles teve tempo de se recuperar e alertar seus companheiros. Depois, eu havia libertado, nas cavernas, cento e cinquenta prisioneiros que esses bandidos tinham acorrentado para engordá-los e devorá-los. Outra vez, por fim, eu havia derrotado na corrida os melhores cavalos do país; eu havia percorrido, em cinco horas, vinte e cinco léguas sem parar.

À medida que aquelas notícias se espalhavam, a admiração aumentava; amontoavam-se, sufocavam-se ao meu redor; os guardas foram obrigados a dispersar a multidão. Felizmente os pais de Louis, de Jacques e de todos os meus outros donos tinham levado as crianças embora assim que a multidão se reuniu ao meu redor. Tive muita dificuldade para escapar, mesmo com a proteção dos guardas; queriam me carregar nos ombros para celebrar. Fui obrigado, para me esquivar daquela honra, a dar aqui e ali algumas dentadas, e até mesmo a desferir alguns coices, mas tomei cuidado para não ferir ninguém; era apenas para assustar e conseguir abrir caminho.

Assim que consegui me livrar da multidão, procurei Louis e Jacques, mas não os vi em lugar nenhum. Eu não queria que meus queridos senhorzinhos voltassem a pé para casa. Sem perder tempo em procurá-los, corri para o estábulo onde sempre guardavam nossos cavalos e nossos arreios. Entrei e não os encontrei; já tinham ido embora. Então, correndo a toda velocidade pela grande estrada que levava ao casarão, não demorei para alcançar os carros, nos quais haviam amontoado as crianças em cima dos pais; eles eram uma quinzena nas duas caleches.

– Cadichon! Cadichon chegou! – gritaram todas as crianças quando me avistaram.

Mandaram que os carros parassem; Jacques e Louis pediram para descer, abraçar-me, parabenizar-me e seguir a pé; depois, Jeanne e Henriette, depois Pierre e Henri, e finalmente Elisabeth, Madeleine e Camille.

– Agora vocês viram – diziam Louis e Jacques – que a gente conhece melhor que vocês a esperteza de Cadichon; vejam como ele foi inteligente! Como ele entendeu os truques daquele estúpido Mirliflore e daquele mestre bobo!

– É verdade – disse Pierre –; mas eu queria entender por que ele fez tanta questão de colocar o chapéu de burro no mestre. Será que ele entendeu que o mestre era um tolo e que um chapéu de burro representa a tolice?

Camille: – Com certeza ele entendeu; ele é esperto o bastante para isso.

Elisabeth: – Ha-ha-ha! Você só está dizendo isso porque ele lhe deu o buquê da mais bela do público.

Camille: – De jeito nenhum, eu não estava pensando nisso; mas agora que você tocou no assunto, lembro que fiquei surpresa e que teria preferido que ele desse o buquê para mamãe, porque ela sim era a mais bela do público.

Pierre: – Mas você estava representando ela, e eu também acho que, depois da minha tia, o burro não poderia ter escolhido melhor.

Madeleine: – E eu, então, eu sou feia?

Pierre: – Não é não, mas cada um tem seu gosto, e o gosto de Cadichon fez ele escolher Camille.

Elisabeth: – Em vez de falar de beleza ou de feiura, a gente deveria perguntar para Cadichon como foi que ele conseguiu entender tão bem o que aquele homem estava dizendo.

Henriette: – Que pena que Cadichon não possa falar! Ele ia poder contar tantas histórias para a gente!

Elisabeth: – Quem sabe se ele não consegue nos entender? Eu li as *Memórias de uma boneca*... por acaso parece que uma boneca consegue ver e entender? Pois essa boneca escreveu que entendia e via tudo.

Henri: – E por acaso você acredita nisso?

Elisabeth: – É claro que acredito.

Henri: – E como é que a boneca conseguiu escrever?

Elisabeth: – Ela escrevia à noite com uma pequena pena de beija-flor e escondia suas Memórias debaixo da cama.

Madeleine: – Não acredite em bobagens como essa, minha pobre Elisabeth. Foi uma mulher que escreveu essas *Memórias de uma boneca* e, para deixar o livro mais divertido, ela fingiu que era a boneca e escreveu como se fosse uma boneca.

Elisabeth: – Você acha que não foi uma boneca de verdade que escreveu?

Camille: – Com certeza não. Como você acha que uma boneca, que não é viva, que é feita de madeira ou de couro e preenchida com farelo poderia pensar, ver, ouvir e escrever?

Enquanto conversavam, chegamos ao casarão; todas as crianças correram até a avó, que ficara em casa. Elas lhe contaram tudo o que eu havia feito e como eu havia deixado todos surpresos e encantados.

– Cadichon é realmente maravilhoso! – ela exclamou, vindo acariciar-me. – Conheci burros muito inteligentes, mais inteligentes que qualquer outro bicho, mas nunca vi nenhum como Cadichon! É preciso admitir que somos muito injustos com os burros.

Eu me virei para ela e a olhei com gratidão.

– Parece até que ele me entendeu – ela continuou. – Meu pobre Cadichon, tenha certeza de que, enquanto eu viver, nunca o venderei, e mandarei que cuidem de você como se você pudesse compreender tudo o que acontece ao seu redor.

Suspirei ao pensar na idade de minha velha dona; ela tinha cinquenta e nove anos, e eu só tinha nove ou dez.

"Meus queridos senhorzinhos, quando sua avó morrer, fiquem comigo, eu peço, não me vendam; permitam que eu lhes sirva até o fim da minha vida."

Quanto ao infeliz dono do burro inteligente, depois arrependi-me amargamente daquela peça que eu lhe havia pregado; o senhor verá o mal que fiz a ele por querer exibir minha esperteza.

A RÃ

O menino vaidoso que matara meu amigo Médor conseguira seu perdão, provavelmente fazendo alguns serviços; então, permitiram-lhe que voltasse à casa da avó do senhor. Eu não conseguia suportá-lo, como o senhor deve imaginar, e estava sempre à procura de uma oportunidade de lhe pregar alguma peça maldosa, porque eu não era nada caridoso e ainda não tinha aprendido a perdoar.

Esse Auguste era um covarde e falava o tempo todo do quanto era corajoso. Um dia, o pai dele o trouxera para uma visita e as crianças lhe propuseram um passeio no parque. Camille, que corria na frente, de repente deu um pulo para o lado e gritou.

– O que foi? – exclamou Pierre, correndo até ela.

Camille: – Estou com medo de uma rã que pulou no meu pé.

Auguste: – Você tem medo de rã, Camille? Eu não tenho medo de nada, de nenhum animal.

Camille: – Então por que é que naquele outro dia você deu um pulo tão alto quando eu disse que uma aranha estava andando no seu braço?

Auguste: – Porque não entendi direito o que você estava dizendo.

Camille: – Como assim, não entendeu direito? É fácil entender.

Auguste: – Seria, se eu tivesse entendido direito; mas achei que você estava dizendo: "Uma aranha está andando abaixo". Pulei para ver melhor, foi só isso.

Pierre: – Essa é boa! É mentira, porque você me disse enquanto pulava: "Pierre, tire ela daí, por favor".

Auguste: – Mas eu queria dizer: "Saia daí, quero ver ela melhor".

– Ele está mentindo – disse baixinho Madeleine para Camille.

– Estou vendo – respondeu Camille no mesmo tom.

Eu escutava aquela conversa e depois me aproveitei dela, como veremos. As crianças tinham se sentado sobre a grama e eu tinha ido atrás delas. Chegando perto deles, vi uma pequena rã verde, da espécie conhecida como *rã de árvore*, que estava perto de Auguste, cujo bolso entreaberto facilitava muito meu plano. Aproximei-me sem fazer barulho; peguei a rã pela pata e a coloquei no bolso daquele pequeno prepotente. Afastei-me imediatamente, para que Auguste não descobrisse que fora eu quem lhe dera esse belo presente.

Eu não conseguia ouvir muito bem o que eles estavam dizendo, mas dava para ver que Auguste continuava se gabando de não ter medo de nada, nem mesmo dos leões. As crianças já estavam embasbacadas quando ele precisou assoar o nariz. Colocou a mão no bolso, retirou-a gritando de pavor, levantou-se subitamente e gritou:

– Tire ele daí, tire ele daí! Eu imploro, tire, tenho medo! Socorro, socorro!

– O que foi, Auguste? – perguntou Camilla meio rindo, meio assustada.

Auguste: – Um bicho, um bicho! Tire, por favor!

Pierre: – De que bicho você está falando? Onde está ele?

Auguste: – No meu bolso! Eu o senti, toquei nele! Tire, tire; tenho medo, não consigo!

– Tire você mesmo, seu covarde – disse Henri com indignação.

Elisabeth: – Ué! Está com medo de um bicho no bolso e quer que a gente tire ele dali porque não tem coragem de pôr a mão nele?

As crianças, após um momento de susto, começaram a se contorcer de rir de Auguste, que não sabia como se livrar da rã. Ele a sentia se revirando e subindo em seu bolso. O medo aumentava a cada movimento do bicho. Por fim, perdendo a cabeça, enlouquecido pelo medo, a única saída que ele encontrou para se livrar do animal, que ele sentia se mexendo e no qual não ousava tocar, foi tirar suas calças e jogá-las no chão. Ele ficou só de camisa e com as roupas de baixo; as crianças morreram de rir e correram para cima das calças. Henri abriu o bolso de trás; a prisioneira, vendo a luz do dia, enfiou-se na abertura, embora fosse muito estreita, e todos puderam ver a bonitinha rã assustada, aterrorizada, pulando e correndo para se proteger.

Camille (rindo): – O inimigo está fugindo.

Pierre: – Cuidado para que ele não corra atrás de você!

Henri: – Não chegue perto, ele pode devorar você!

Madeleine: – Não existe nada mais perigoso que uma rã!

Elisabeth: – Se fosse um leão, Auguste ia se jogar em cima dele; mas uma rã… nem toda a coragem pode proteger das garras dela.

Louis: – E você está esquecendo dos dentes!

Jacques (pegando a rã): – Pode pegar suas calças de volta, seu inimigo é meu prisioneiro.

Auguste estava envergonhado e paralisado diante das risadas e das brincadeiras das crianças.

– Vamos vesti-lo – exclamou Pierre –, ele não tem forças suficientes para vestir as calças.

– Cuidado para não deixar uma mosca ou um mosquito pousar nelas – disse Henri –; seria mais um perigo.

Auguste tentou escapar, mas todas as crianças, pequenas e grandes, correram atrás dele; Pierre segurava as calças que pegara no chão, e os outros perseguiam o fujão e bloqueavam seu caminho. Foi uma perseguição muito divertida para todos, menos para Auguste, que, vermelho de vergonha e de raiva, corria para a direita e para a esquerda e dava de cara com um inimigo por todo lado. Resolvi entrar na brincadeira; galopei na frente e atrás dele, duplicando o medo que ele sentia com meus relinchos e minhas tentativas de pegá-lo pelos calções; uma vez consegui alcançá-lo, mas ele puxou com tanta força que fiquei com um pedaço do tecido nos dentes, o que multiplicou as gargalhadas das crianças. Finalmente consegui segurá-lo com firmeza; ele gritou tão alto que pensei que tinha mordido outra coisa além do tecido. Ele parou subitamente; Pierre e Henri foram os primeiros a chegar; ele ainda tentou se debater contra as investidas deles, mas eu o puxei levemente, o que o fez dar um segundo grito e o deixou manso como um cordeiro: ele ficou imóvel como uma estátua enquanto Pierre e Henri lhe colocaram suas calças. Eu o larguei tão logo não precisavam mais da minha ajuda e afastei-me com alegria no coração por ter tido tanto sucesso em meu plano de torná-lo ridículo. Ele nunca soube como aquela rã fora parar em seu bolso, e desde aquele feliz dia nunca mais se atreveu a falar de sua coragem… ao menos na frente das crianças.

O PÔNEI

Minha vingança deveria ter sido saciada, mas não fora. Eu ainda sentia pelo infeliz Auguste um ódio que me levou a fazer outra maldade contra ele, da qual desde então me arrependo muito. Após a história da rã, ficamos livres dele durante cerca de um mês. Mas um dia o pai dele o trouxe, o que não deixou ninguém feliz.

– O que a gente vai fazer com esse menino? – perguntou Pierre para Camille.

Camille: – Vocês podem fazer um passeio de burro no bosque; Henri vai com Cadichon, Auguste pega o burro da fazenda e você monta em seu pônei.

Pierre: – Boa ideia, espero que ele queira!

Camille: – Ele vai ter que querer; mande selar o pônei e os burros; quando eles estiverem prontos, você fala para ele montar no burro.

Pierre foi procurar Auguste, que estava aborrecendo Louis e Jacques com sua suposta ajuda para embelezar o pequeno jardim dos meninos. Ele estava revirando tudo, arrancando os legumes, replantando as flores, cortando os morangueiros e bagunçando todos os cantos; os pobres pequenos tentavam impedi-lo, mas ele os afastava com um chute ou com uma enxadada. Quando Pierre chegou, eles estavam chorando sobre os restos de suas flores e de seus legumes.

– Por que você está perturbando meus pobres primos? – perguntou-lhe Pierre com um tom de desagrado.

Auguste: – Não estou perturbando, pelo contrário, estou ajudando.

Pierre: – Mas eles não querem ser ajudados.

Auguste: – É preciso fazer o bem a eles, apesar deles.

Louis: – Ele está perturbando a gente só porque é duas vezes maior; se fosse você e Henri, ele não teria coragem.

Auguste: – Eu não teria coragem? Não repita essa palavra, menino.

Jacques: – Não, você não teria coragem! Pierre e Henri são mais fortes que uma rã, eu acho.

Ao ouvir a palavra *rã*, Auguste enrubesceu, ergueu os ombros com um ar de desdém e, dirigindo-se a Pierre:

– O que você queria, meu caro amigo? Acho que você estava me procurando quando chegou.

– Sim, vim perguntar se você quer passear de burro no bosque comigo e com Henri – respondeu Pierre com frieza –; os animais vão estar prontos em quinze minutos.

– Quero sim, não poderia querer nada melhor – respondeu Auguste prontamente.

Pierre e Auguste foram até o estábulo, onde pediram ao cocheiro que selasse o pônei, meu camarada de fazenda e eu.

Auguste: – Ah! Vocês têm um pônei! Gosto muito de pôneis.

Pierre: – Foi vovó quem deu para mim.

Auguste: – Então você sabe montar a cavalo?

Pierre: – Sim, monto no carrossel desde os dois anos.

Auguste: – Eu queria montar no seu pônei.

Pierre: – Eu não aconselho se você não tiver aprendido a montar a cavalo.

Auguste: – Não aprendi, mas posso montar tão bem quanto qualquer um.

Pierre: – Você já tentou?

Auguste: – Muitas vezes. Quem é que não sabe montar a cavalo?

Pierre: – E quando foi que você montou? Seu pai não tem cavalo de sela.

Auguste: – Não montei cavalos, mas montei burros, é a mesma coisa.

Pierre (segurando um sorriso): – Repito, meu caro Auguste, se você nunca montou a cavalo, não aconselho que monte meu pônei.

Auguste (contrariado): – Por quê? Você pode emprestar ele para mim uma vez.

Pierre: – Não é que eu não queira emprestar, é que o pônei é um pouco agitado e...

Auguste (ainda contrariado): – E?

Pierre: – E... ele pode jogar você no chão.

Auguste (muito contrariado): – Fique tranquilo, sou mais habilidoso do que você pensa. Se você emprestar ele para mim, tenha certeza de que vou saber guiar tão bem quanto você.

Pierre: – Como quiser, meu amigo. Pegue o pônei, eu vou pegar o burro da fazenda e Henri vai com Cadichon.

Henri veio ao encontro deles; estávamos todos prontos para sair. Auguste aproximou-se do pônei, que ficou um pouco agitado e deu dois ou três pulinhos. Auguste o observou com um olhar preocupado.

– Segure-o firme até que eu esteja em cima dele – disse.

Cocheiro: – Não há perigo, senhor, o animal não é malvado; não é preciso ter medo.

Auguste (contrariado): – Eu não tenho medo algum; por acaso pareço estar com medo, eu, que não tenho medo de nada?

Henri (baixinho, para Pierre): – Só de rãs.

Auguste: – O que você está dizendo, Henri? O que foi que você disse no ouvido de Pierre?

Henri (com ironia): – Nada de interessante; achei que tivesse visto uma rã logo ali na grama.

Auguste mordeu os lábios, ficou vermelho, mas não respondeu. Terminou de subir no pônei e começou a puxar a rédea; o pônei recuou e Auguste se agarrou à sela.

– Não puxe, senhor, não puxe; um cavalo não é guiado como um burro – disse o cocheiro rindo.

Auguste largou a rédea. Fui na frente com Henri. Pierre veio atrás, no burro da fazenda. Fiz a maldade de começar a galopar; o pônei tentava me ultrapassar e eu corria cada vez mais rápido; Pierre e Henri davam risada. Auguste estava gritando e se segurando na crina do pônei; todos estávamos correndo, e eu decidi que só pararia quando Auguste estivesse no chão. O pônei, entusiasmado com as risadas e com os gritos, não demorou para me ultrapassar; eu o segui de perto, mordiscando-lhe a cauda quando ele dava sinais de que queria desacelerar. Galopamos assim por uns bons quinze minutos, Auguste quase caindo a cada passo e sempre se segurando no pescoço do cavalo. Para acelerar sua queda, dei uma dentada mais forte na cauda do pônei, que começou a dar coices com tanta força que, no primeiro, Auguste foi parar no pescoço dele; no segundo, atravessou a montaria, caiu sobre a grama e ficou estendido, imóvel. Pierre e Henri, acreditando que ele estava ferido, pularam no chão e correram até ele para levantá-lo.

– Auguste, Auguste, você está machucado? – perguntaram com preocupação.

– Acho que não, não sei – respondeu Auguste, que se reergueu ainda trêmulo pelo medo que sentira.

Quando ficou em pé, suas pernas cediam, seus dentes rangiam; Pierre e Henri o examinaram e, como não encontraram nenhum arranhão ou ferimento de qualquer tipo, o olharam com pena e desgosto.

– Como é triste ser tão covarde – disse Pierre.

– Eu... não... sou... covarde... só... tive... medo... – respondeu Auguste, sem parar de bater os dentes.

– Espero que você não queira mais montar meu pônei – acrescentou Pierre. – Pegue meu burro, vou pegar meu cavalo de volta.

E, sem esperar a resposta de Auguste, subiu com cuidado no pônei.

– Prefiro Cadichon – disse Auguste com cara de dar dó.

– Como quiser – respondeu Henri. – Pegue Cadichon; eu pegarei Grison, o burro da fazenda.

Minha primeira reação foi de impedir que aquele malvado Auguste me montasse; mas bolei um novo plano, que completaria o dia e saciaria melhor minha aversão e minha maldade. Então, permiti que meu inimigo me montasse tranquilamente e segui o pônei de longe. Se Auguste tivesse ousado me bater para me fazer andar mais rápido, eu o teria lançado por terra, mas ele sabia do carinho que todos os senhorzinhos tinham por mim e me deixou ir como eu queria. Tive o cuidado, ao longo de todo o bosque, de passar bem perto das moitas e principalmente dos grandes espinheiros, dos azevinhos e das silveiras, para que o rosto de meu cavaleiro fosse arranhado pelos ramos espinhosos desses arbustos. Ele se queixou para Henri, que lhe respondeu com frieza:

– Cadichon só conduz mal as pessoas das quais ele não gosta: é provável que você não tenha caído nas graças dele.

Logo estávamos de volta ao caminho para casa. Aquele passeio não estava divertido para Henri e Pierre, que ouviam sem parar os choramingos de Auguste, cujo rosto acabara de ser espetado por outros galhos; ele estava agradavelmente arranhado, e eu tinha meus motivos para acreditar que ele não estava se divertindo mais que seus companheiros. Meu terrível plano se realizaria. Ao voltar pela fazenda, margeávamos um buraco, ou melhor, um fosso no qual dava o canal que recebia as águas gordurosas e sujas da cozinha; ali era jogado todo tipo de imundícies que, apodrecendo na água da lavagem, formavam uma lama negra e fedorenta. Deixei Pierre e Henri passarem na frente; quando cheguei perto desse fosso, dei um salto em direção a ele e um coice que derrubou Auguste bem no meio da lama. Fiquei observando-o tranquilamente enquanto se debatia naquela lama negra e infecta que o deixava cego.

Ele quis gritar, mas a água suja entrava em sua boca; a água alcançava suas orelhas, e ele não conseguia chegar à borda. Eu ria por dentro. "Médor", eu dizia para mim mesmo, "Médor, você está vingado!". Eu não pensava no mal que podia estar fazendo àquele pobre menino, que, ao matar Médor, foi desastrado, mas não maldoso; eu não pensava que, dos dois, eu era o pior. Finalmente, Pierre e Henri, que tinham descido do cavalo e do burro, não vendo nem Auguste nem a mim, ficaram espantados com aquele atraso; retornaram a pé e me viram à beira do fosso, contemplando com um ar de satisfação meu inimigo se afogando. Eles se aproximaram e, percebendo que Auguste corria um sério risco de ser sufocado pela lama, não conseguiram evitar um grito por vê-lo naquela cruel situação. Chamaram os meninos da fazenda, que lhe estenderam uma vara; Auguste se agarrou a ela e foi puxado. Quando estava em terra firme, ninguém queria se aproximar, pois estava coberto de lama e cheirava muito mal.

– Temos que avisar o pai dele – disse Pierre.

– E também meu pai e meus tios – disse Henri –, para que digam o que a gente precisa fazer para limpar ele.

– Venha, Auguste; venha com a gente, mas de longe – disse Pierre –; essa lama está com um cheiro insuportável.

Auguste, completamente acanhado, negro de lama, mal enxergando o suficiente para se guiar, seguiu-os de longe; ouviam-se as exclamações das pessoas da fazenda. Eu ia na frente, dando voltinhas, correndo e relinchando com todas as minhas forças. Pierre e Henri pareciam descontentes com a minha alegria; gritavam atrás de mim para que eu ficasse quieto. Aquele barulho incomum chamou a atenção de toda a casa; todos reconheciam minha voz e, sabendo que eu só relinchava daquela forma nos grandes acontecimentos, foram às janelas, de forma que, quando estávamos chegando ao casarão, elas estavam repletas de rostos curiosos; ouvimos gritos e vimos um movimento extraordinário. Poucos instantes depois, todos, grandes e pequenos, velhos e jovens, desceram e fizeram um círculo ao nosso redor. Auguste estava no meio, e todos perguntavam o que havia acontecido e se afastavam quando ele se aproximava. A avó foi a primeira a dizer:

– É preciso lavar esse pobre menino e ver se ele não tem algum ferimento.

– Mas como lavá-lo? – perguntou o pai de Pierre. – É preciso preparar um banho.

– Eu me encarrego disso – disse o pai de Auguste. – Venha comigo, Auguste; vejo pelo seu andar que você não tem nenhum ferimento ou contusão. Vamos à lagoa, você vai mergulhar e, quando tiver se livrado da lama, vai se ensaboar e terminar de se limpar. A água não está fria nesta estação. Pierre fará a gentileza de lhe emprestar toalha e roupas.

E caminhou em direção à lagoa. Como Auguste tinha medo do pai, foi obrigado a segui-lo. Corri para assistir à operação, que foi longa e penosa; aquela lama, grudenta e gordurosa, colava na pele e nos cabelos. Os empregados se apressaram para trazer toalha, sabão, roupas e calçados. Os pais ajudaram a ensaboar Auguste, que saiu dali quase limpo, mas tiritando e tão envergonhado que não queria ser visto e conseguiu que seu pai o levasse imediatamente para casa.

Enquanto isso, todos queriam saber como aquele acidente poderia ter acontecido. Pierre e Henri lhes relataram as duas quedas.

– Acho – disse Pierre –, que as duas foram causadas por Cadichon, que não gosta de Auguste. Cadichon mordeu o rabo do meu pônei, e ele nunca faz isso quando um de nós está montando; ele forçou meu pônei a galopar muito rápido; o cavalo deu um coice e fez Auguste cair. Eu não vi o segundo tombo, mas, pela cara de vitória de Cadichon, pelos relinchos alegres e pelo comportamento dele até agora, é fácil adivinhar que jogou Auguste, que ele detesta, na lama de propósito.

– Como você sabe que ele detesta Auguste? – perguntou Madeleine.

– Ele mostra de milhares de maneiras – respondeu Pierre. – Você se lembra de como ele puxou Auguste pelo calção e de como o segurava enquanto a gente colocava as calças nele? Eu vi muito bem a cara dele durante esse tempo, ele observava Auguste com um olhar malvado que só faz para as pessoas que ele detesta. Ele não olha para a gente do mesmo jeito. Com Auguste, os olhos dele brilham como um carvão; na verdade, ele fica com o olhar de um diabo. Não é verdade, Cadichon – ele acrescentou, olhando-me fixamente –, que você detesta Auguste e que foi de propósito que você foi tão malvado com ele?

Eu respondi relinchando e depois lambendo a mão dele.

– Você sabia – disse Camille – que Cadichon é um burro realmente extraordinário? Tenho certeza de que ele escuta e entende o que a gente diz.

Eu a olhei com doçura e, aproximando-me dela, coloquei minha cabeça em seu ombro.

– Que pena, meu Cadichon – disse Camille –, que você esteja ficando cada vez mais rancoroso e malvado e obrigando a gente a gostar cada vez menos de você; e que pena que você não possa escrever! Você deve ter visto muitas coisas interessantes – continuou ela, passando sua mão em minha cabeça e em meu pescoço. – Se você pudesse escrever suas memórias, tenho certeza de que elas seriam muito divertidas!

Henri: – Pobre Camille, que besteira você está dizendo! Como você quer que Cadichon, um burro, possa escrever memórias?

Camille: – Um burro como Cadichon é um burro especial.

Henri: – Ué! Todos os burros são parecidos e é bom que seja assim, eles nunca vão ser nada além de burros.

Camille: – Existem burros e burros.

Henri: – Mesmo assim, para dizer que um homem é estúpido, ignorante e teimoso, dizem "Estúpido como um burro, ignorante como um burro, teimoso como um burro". Se você me dissesse "Henri, você é um burro", eu ia ficar bravo, porque ia entender isso como um xingamento.

Camille: – Você tem razão, mas eu sinto e vejo, primeiro que Cadichon entende muitas coisas, que ele ama a gente e que tem uma esperteza extraordinária, e depois que os burros só são *burros* porque são tratados como *burros*, quer dizer, com rigidez e até com crueldade, e por isso eles não conseguem gostar dos seus donos nem servir direito a eles.

Henri: – Então, para você, foi de propósito que Cadichon fez os ladrões serem descobertos e fez tantas coisas que parecem extraordinárias?

Camille: – Com certeza, foi porque é esperto e porque quis que Cadichon fez os ladrões serem presos. Por que você acha que ele ia fazer tudo aquilo?

Henri: – Porque ele tinha visto os outros burros entrando no subterrâneo de manhã e queria ir com eles.

Camille: – E os truques do burro inteligente?

Henri: – Foi inveja e maldade.

Camille: – E a corrida de burros?

Henri: – Orgulho de burro.

Camille: – E no incêndio, quando salvou Pauline?

Henri: – Instinto.

Camille: – Fique quieto, Henri, estou perdendo a paciência.

Henri: – Mas eu gosto muito de Cadichon, eu juro. Só que eu trato ele pelo que ele é, um burro, enquanto você trata ele como se fosse um gênio. Aliás, se ele tiver mesmo a esperteza e a vontade que você está dizendo, então ele é malvado e detestável.

Camille: – Como assim?

Henri: – Ele fez aquele pobre burro e o dono dele parecerem ridículos e impediu que eles ganhassem dinheiro para comer. Depois, fez um monte de maldades para Auguste, que nunca fez nada para ele, e ainda começou a ser temido e detestado por todos os animais porque mordia e afastava eles com coices.

Camille: – É verdade, você está certo, Henri. Prefiro acreditar, pela honra de Cadichon, que ele não sabe o que faz nem o mal que tem causado.

E Camille afastou-se correndo com Henri, deixando-me sozinho e triste com o que eu acabara de ouvir. Era claro para mim que Henri estava certo, mas eu não queria admitir. Acima de tudo, eu não queria mudar e reprimir os sentimentos de orgulho, de raiva e de vingança pelos quais sempre me deixei levar.

A PUNIÇÃO

Fiquei sozinho até o anoitecer; ninguém veio me ver. Eu estava entediado e fui ficar perto dos empregados que estavam tomando um ar na porta da despensa e conversando.

– Se eu fosse a patroa – disse o cozinheiro –, eu me livrava desse burro.

Camareira: – É mesmo, ele está ficando perverso. Vejam o que ele fez com o pobre Auguste, poderia tê-lo matado ou no mínimo afogado.

Camareiro: – E ainda por cima, estava com o semblante todo feliz! Corria, pulava, relinchava como se tivesse realizado um grande feito.

Cocheiro: – Ele vai pagar; vou dar uma sova nele como jantar...

Camareiro: – Tome cuidado; se a patroa perceber...

Cocheiro: – E como a patroa ficaria sabendo? Você acha que eu vou chicoteá-lo na frente dela? Vou esperar até que ele esteja no estábulo.

Camareiro: – Pode ser que você fique esperando por muito tempo; esse animal, que é livre para fazer todas as vontades dele, muitas vezes volta bem tarde.

Cocheiro: – Ah! Mas se ele me fizer esperar demais, eu sei bem como fazê-lo voltar contra a vontade dele, e sem que ninguém suspeite.

Camareira: – E como é que você vai fazer isso? Esse burro maldito vai relinchar como sempre faz e acordar a casa inteira.

Cocheiro: – Deixe comigo! Eu arrancaria aquela língua; não daria para ouvir nem mesmo a respiração dele.

E todos caíram na gargalhada. Eu os achava muito maléficos; eu estava com raiva e procurava um jeito de escapar daquela lição que me ameaçava. Queria pular em cima deles e mordê-los, mas não me atrevi por medo de que fossem se queixar à minha dona, e eu sentia vagamente que ela estava cansada das minhas histórias e poderia muito bem me expulsar da casa. Enquanto eu pensava, a criada chamou a atenção para meus olhos maliciosos.

O cocheiro abanou a cabeça, levantou-se, entrou na cozinha e voltou como se fosse em direção ao estábulo; ao passar na minha frente, jogou um laço em meu pescoço. Puxei para trás para rompê-lo, e ele puxou para a frente para me fazer andar; puxávamos cada um para um lado, mas, quanto mais puxávamos, mais a corda me estrangulava. Desde o primeiro instante, eu tentava em vão relinchar, mas, como não estava conseguindo respirar, fui obrigado a ceder à tração do cocheiro. Ele me arrastou até o estábulo, cuja porta logo foi aberta pelos outros empregados. Assim que entrei em minha baia, prontamente colocaram o cabresto em mim e soltaram a corda que me estrangulava; o cocheiro, tendo cuidadosamente fechado a porta, pegou um chicote de carroceiro e começou a me bater impiedosamente, sem que ninguém viesse em minha defesa. Por mais que eu relinchasse e me debatesse, meus senhorzinhos não me ouviram, e o perverso cocheiro pôde me castigar à vontade pelas maldades das quais me acusava. Por fim, ele me deixou em um estado de dor e de abatimento impossível de descrever. Foi a primeira vez, desde que cheguei àquela casa, que fui castigado e violentado. Um tempo depois, pensei e reconheci que fiz por merecer.

No dia seguinte, já era tarde quando me deixaram sair; eu bem que quis dar uma mordida no rosto do cocheiro, mas me contive, como no dia anterior, pelo medo de ser expulso. Dirigi-me à casa e vi as crianças reunidas em frente à porta, conversando com animação.

– Chegou o malvado Cadichon – disse Pierre, observando minha aproximação. – Vamos mandar ele ir embora, ele poderia muito bem morder a gente ou aprontar alguma, como fez no outro dia com o pobre Auguste.

Camille: – O que foi que o médico acabou de dizer ao papai?

Pierre: – Que Auguste está muito doente, com febre e delírio.

Jacques: – O que é delírio?

Pierre: – É quando a gente tem uma febre tão forte que não sabe mais o que diz, a gente não reconhece mais ninguém e pensa que está vendo um monte de coisas que não existem.

Louis: – E o que Auguste está vendo?

Pierre: – Ele acha o tempo todo que está vendo Cadichon tentando se jogar em cima dele, morder ele, pisar nele; o médico está muito preocupado. Papai e meus tios foram para lá.

Madeleine: – Cadichon foi muito malvado por ter jogado o pobre Auguste naquele buraco nojento!

– Sim, foi muito malvado, senhor – exclamou Jacques virando-se para mim. – Vá embora, você é malvado! Não gosto mais de você.

– Nem eu, nem eu, nem eu – repetiram todas as crianças em uníssono. – Vá, a gente não quer você aqui.

Eu fiquei consternado. Todos, até mesmo meu pequeno Jacques, que eu sempre amei com tanta ternura, todos estavam me expulsavam, me repelindo.

Dei alguns passos lentos para me afastar. Virei para trás e os olhei com um semblante tão triste que Jacques ficou com pena; correu até mim, pegou minha cabeça e me disse com uma voz reconfortante:

– Cadichon, a gente não está gostando de você agora, mas, se você for bonzinho, prometo que a gente vai voltar a gostar de você como antes.

– Não, não, não como antes! – exclamaram todas as crianças. – Ele é muito maldoso.

– Viu, Cadichon? Viu no que dá ser malvado? – disse o pequeno Jacques passando a mão em meu pescoço. – Está vendo que ninguém quer gostar de você mais? Mas... – acrescentou falando ao meu ouvido – eu ainda gosto um pouco você, e se você não fizer mais nenhuma maldade, vou voltar a amar muito você, como antes.

Henri: – Cuidado, Jacques, não chegue muito perto; se ele der uma mordida ou um coice, você vai se machucar.

Jacques: – Não tem perigo, tenho certeza de que ele não vai morder nenhum de nós.

Henri: – Por que não? Ele jogou Auguste no chão duas vezes.

Jacques: – Mas com Auguste é outra história, ele não gosta de Auguste.

Henri: – E por que ele não gosta de Auguste? O que Auguste fez a ele? Ele pode muito bem, um belo dia, não gostar da gente também.

Jacques não respondeu, porque de fato não tinha nada a responder; mas abanou a cabeça e, virando-se para mim, fez-me um pequeno carinho amigável que encheu meus olhos de lágrimas. O abandono de todos os outros tornou ainda mais preciosas aquelas demonstrações de afeto do meu querido Jacques, e, pela primeira vez, um sincero sentimento de arrependimento tomou meu coração. Eu pensava preocupado na saúde do infeliz Auguste. À tarde, soubemos que ele estava ainda pior e que o médico tinha sérias preocupações quanto à sua vida. Meus senhorzinhos foram para lá no início da noite; as primas aguardavam ansiosamente seu retorno. – E então? E então? – gritaram elas assim que os avistaram. – Quais são as notícias? Como está Auguste?

– Não está bem – respondeu Pierre –; mas está um pouco menos mal que antes.

Henri: – O coitado do pai dele está em um estado de dar dó: está chorando, soluçando, pedindo ao bom Deus que deixe o filho dele vivo; está dizendo coisas tão comoventes que até chorei.

Elisabeth: – Vamos todos orar com ele e por ele em nossa oração noturna, não é, meus amigos?

– Com certeza, e de todo o coração – disseram todas as crianças ao mesmo tempo.

Madeleine: – Pobre Auguste, imaginem se ele morresse!

Camille: – Coitadinho do pai dele, ficaria louco de sofrimento, já que não tem outro filho.

Elisabeth: – E onde está a mãe de Auguste? A gente nunca vê ela.

Pierre: – Seria bizarro se a gente visse ela, porque ela morreu há dez anos.

Henri: – E o curioso é que a pobre mulher morreu depois de cair na água durante um passeio de barco.

Elisabeth: – Como assim? Ela morreu afogada?

Pierre: – Não, ela foi socorrida na mesma hora, mas estava tão quente e ela tinha ficado com tanto frio por causa da água e sentido tanto medo que acabou ficando com febre e delírio, exatamente como Auguste, e morreu oito dias depois.

Camille: – Meu Deus, meu Deus! Que não aconteça o mesmo com Auguste!

Elisabeth: – É por isso que a gente precisa orar muito; talvez o bom Deus conceda o que a gente pedir a ele.

Madeleine: – Onde está Jacques?

Camille: – Estava aqui agora mesmo, deve ter voltado para dentro da casa.

A pobre criança não tinha voltado para dentro da casa, mas sim ajoelhado-se atrás de um caixote e, com a cabeça coberta pelas mãos, orava e chorava. E era eu o culpado pela doença de Auguste, pela aterrorizante preocupação do infeliz pai e, por fim, pelo sofrimento de meu pequeno Jacques! Aquele pensamento me deixou entristecido; pensei comigo mesmo que eu não deveria ter vingado Médor. "Que bem lhe fez a queda de Auguste?" eu me perguntava. "Ele está menos morto para mim? Minha vingança serviu para alguma coisa além de me tornar temido e detestado?"

Esperei ansiosamente o dia seguinte para ter notícias de Auguste. Fui um dos primeiros a recebê-las, porque Jacques e Louis mandaram me atrelar à pequena charrete para ir até lá. Encontramos, ao chegar, um empregado que corria para chamar o médico, e que nos disse que Auguste tinha passado uma noite difícil e que acabara de ter uma convulsão que deixara seu pai assustado. Jacques e Louis esperaram o médico, que não demorou para chegar e prometeu que lhes traria notícias.

Meia hora depois, ele desceu do pórtico da casa.

– E então? E então? Seu Tudoux, como está Auguste? – perguntaram Louis e Jacques.

Dr. Tudoux (pausadamente): – Está bem, está bem, minhas crianças! Não está tão mal quanto eu temia.

Louis: – Mas essas convulsões não são perigosas?

Dr. Tudoux (ainda pausadamente): – Não, foi só a consequência de uma irritação dos nervos e de uma grande agitação. Dei-lhe um comprimido que vai acalmá-lo, tudo vai ficar bem.

Jacques: – Seu Tudoux, o senhor não está preocupado, não acha que ele vai morrer?

Dr. Tudoux (ainda pausadamente): – Não, não, não! Não é nada grave, nem um pouco grave.

Louis e Jacques: – Que boa notícia! Obrigado, seu Tudoux. Adeus; vamos voltar depressa para deixar nossos primos e nossas primas tranquilos.

Dr. Tudoux: – Esperem, esperem um minuto. Esse burro que os conduz não é Cadichon?

Jacques: – Sim, é Cadichon.

Dr. Tudoux (com calma): – Então, vão com cuidado; ele poderia muito bem jogá-los em um fosso como fez com Auguste. Digam à sua avó que ela faria bem em vendê-lo, é um animal perigoso.

O doutor Tudoux os cumprimentou e foi embora. Senti-me tão atônito e humilhado que só lembrei de começar a caminhar depois que meus senhorzinhos repetiram três vezes:

– Vamos, Cadichon, ande! Vamos logo, Cadichon, a gente está com pressa! Vai fazer a gente dormir aqui, Cadichon? Eia! Eia!

Finalmente saí e corri a toda velocidade até o casarão, onde esperavam primos e primas, tios e tias, pais e mães.

– Ele está melhor! – exclamaram Jacques e Louis e começaram a contar sua conversa com o doutor Tudoux, sem deixar de lado seu último conselho.

Eu aguardava com grande ansiedade a decisão da avó. Ela pensou por um instante.

– Está claro, minhas queridas crianças, que Cadichon não é mais merecedor da nossa confiança. Peço que os mais novos de vocês não o montem mais. Na primeira bobagem que ele fizer, eu o entregarei ao moleiro, que o usará para carregar sacos de farinha; mas quero dar a ele uma última chance antes de reduzi-lo a esse nível de servidão; talvez ele tome jeito. Vamos ver daqui a alguns meses.

Eu estava cada vez mais triste, envergonhado e arrependido, mas eu só poderia reparar o mal que fizera a mim mesmo com muita paciência, mansidão e tempo. Meu orgulho e meus sentimentos estavam começando a me trazer sofrimento.

As notícias de Auguste foram melhores no dia seguinte; poucos dias depois ele entrou no período de convalescença, e não se preocupavam mais no casarão. No entanto, eu não conseguia esquecer, porque ouvia o tempo todo ao meu redor:

– Cuidado com Cadichon! Lembre-se de Auguste!

A TRANSFORMAÇÃO

Desde o dia em que eu havia rasgado o rosto de Auguste galopando nos espinheiros e em que eu o havia jogado na lama, a mudança nos modos dos meus senhorzinhos, de seus pais e dos empregados da casa era visível. Nem mesmo os animais me tratavam como antes. Eles pareciam me evitar; quando eu chegava, eles se afastavam e calavam-se em minha presença; eu já disse ao senhor, quando contava sobre meu amigo Médor, que nós, animais, nos compreendemos sem falar como os humanos; que nossos movimentos dos olhos, das orelhas e da cauda substituem as palavras. Eu sabia muito bem o que havia causado aquela mudança e me sentia mais irritado que triste. Um dia, estando sozinho como sempre e deitado sob um pinheiro, vi Henri e Elisabeth se aproximarem; eles se sentaram e continuaram a conversar.

– Henri, eu acho que você tem razão – disse Elisabeth –, e sinto o mesmo que você. Eu também quase não gosto mais de Cadichon desde que ele foi tão maldoso com Auguste.

Henri: – E não foi só com Auguste. Você lembra da feira de Laigle, de como ele foi maldoso com o dono do burro inteligente?

Elisabeth: – Ha-ha-ha! Sim, lembro muito bem. Foi engraçado! Todo mundo riu, mas mesmo assim a gente achou que ele mostrou muita esperteza, mas nenhum coração.

Henri: – É verdade! Ele humilhou aquele pobre burro e o dono fazedor de truques. Fiquei sabendo que o infeliz foi obrigado a ir embora sem ter ganhado nada, porque todo mundo estava zombando dele. E quando foi embora, a mulher e os filhos dele estavam chorando, porque não tinham nada para comer.

Elisabeth: – E foi culpa de Cadichon.

Henri: – Com certeza! Se não fosse por ele, o pobre homem teria ganhado o suficiente para viver por algumas semanas.

Elisabeth: – E também, você se lembra do que contaram para a gente sobre as maldades que ele fez na casa do antigo dono dele? Ele comia os legumes, quebrava os ovos, sujava as roupas... Está resolvido, assim como você, não gosto mais dele.

Elisabeth e Henri se levantaram e continuaram sua caminhada. Fiquei me sentindo triste e envergonhado. No início, quis me zangar e planejar uma pequena vingança, mas depois pensei que eles estavam certos. Eu sempre me vinguei, mas de que adiantou? Minhas vinganças só me deixaram infeliz.

Primeiro machuquei os dentes, os braços e a barriga de uma de minhas donas. Se não fosse a sorte que tive de conseguir escapar, eu teria apanhado quase até morrer.

Fiz milhares de maldades para meu outro dono, que tinha sido bom para mim antes de eu me tornar um preguiçoso e maldoso; depois, ele começou a me maltratar demais e fiquei muito infeliz.

Quando Auguste matara Médor, não pensei que ele tinha feito aquilo por descuido, e sim por maldade. Se ele era estúpido, não era por sua culpa. Eu havia perseguido aquele infeliz Auguste e acabei deixando-o muito doente ao jogá-lo no lago de lama.

E depois, quantas pequenas maldades eu fiz e não contei!

Acabou que ninguém mais gostava de mim. Eu estava sozinho, ninguém mais se aproximava para me dar um consolo, fazer-me um carinho; até mesmo os animais fugiam de mim.

"O que fazer?", eu me perguntava com tristeza. "Se eu pudesse falar, diria a todos que estou arrependido, que pediria perdão a todos aqueles a quem fiz mal, que eu seria bondoso e dócil dali em diante, mas... não posso me fazer entender... eu não falo".

Eu me joguei na grama e chorei, não como os homens, que derrubam lágrimas, mas no fundo do meu coração; chorei, sofri com minha infelicidade e, pela primeira vez, arrependi-me sinceramente.

"Ah! Eu já fui tão bom! Se, em vez de querer mostrar minha esperteza, eu tivesse mostrado bondade, doçura, paciência! Se eu tivesse sido para todos o que eu fui para Pauline! Como me amariam! Como eu seria feliz!"

Pensei por muito tempo, muito tempo mesmo; fazia planos tanto bons quanto ruins.

Por fim, decidi que me tornaria bom, de forma a reconquistar a amizade de todos os meus donos e de meus camaradas. Fiz imediatamente uma lista com minhas boas resoluções.

Havia um camarada que há algum tempo eu tratava muito mal. Era um burro que tinham comprado para que os senhorzinhos menores montassem, aqueles que estavam com medo de mim desde que quase afoguei Auguste. Somente os grandes não me temiam, e mesmo assim, quando fazíamos um passeio de burro, o pequeno Jacques era o único que sempre pedia por mim, enquanto antigamente todos me disputavam.

Eu desprezava aquele camarada; sempre passava na frente dele, dava coices e o mordia se ele tentasse me ultrapassar. O pobre animal acabara se resignando a sempre me ceder o primeiro lugar e a se submeter a todas as minhas vontades. À noite, na hora de voltar para o estábulo, cheguei à porta quase ao mesmo tempo que esse burro; ele prontamente se afastou para me deixar passar primeiro, mas, como ele chegara alguns passos à minha frente, detive-me e lhe fiz um sinal para que passasse. O pobre burro obedeceu-me tremendo, desconfiado da minha educação e temendo que eu o estivesse fazendo ir na frente para lhe pregar alguma peça, como lhe dar uma dentada ou um pontapé. Ficou muito espantado por se ver são e salvo em sua baia enquanto eu me acomodava tranquilamente na minha.

Vendo seu espanto, eu lhe disse:

– Meu irmão, fui maldoso com você, mas não serei mais; fui orgulhoso, mas não voltarei a ser; eu o desprezei, humilhei, maltratei, mas isso não acontecerá novamente. Perdoe-me, irmão, e que no futuro você possa ver em mim um companheiro, um amigo.

– Obrigado, irmão – respondeu-me o pobre burro todo feliz –; eu estava infeliz, mas agora serei feliz; estava triste, mas agora ficarei alegre; sentia-me sozinho, mas agora sentirei-me querido e protegido. Obrigado mais uma vez, irmão; espero que goste de mim, porque eu já gosto de você.

– É minha vez, irmão, de dizer obrigado, porque fui maldoso, mas você me perdoa; venho com meus melhores sentimentos, e você os recebe; quero gostar de você e aceito sua amizade. Sim, é minha vez de dizer obrigado, irmão.

E, enquanto comíamos nosso jantar, continuamos conversando. Era a primeira vez, porque nunca me dignei a falar com ele. Eu o considerava muito melhor e muito mais sábio que eu mesmo, e pedi-lhe que me apoiasse em meu novo caminho; ele me prometeu com tanto afeto quanto com modéstia.

Os cavalos, que testemunhavam nossa conversa e minha delicadeza incomum, olhavam-se e me olhavam com espanto. Embora eles falassem baixo, eu os ouvia dizendo:

– É fingimento de Cadichon – disse o primeiro cavalo –; ele quer aprontar alguma para seu camarada.

– Pobre burro, tenho pena dele – disse o segundo cavalo. – E se lhe disséssemos que deve desconfiar de seu inimigo?

– Ainda não – respondeu o primeiro cavalo. – Silêncio! Cadichon é maldoso. Se ele nos ouvir, se vingará.

Fiquei magoado com a má opinião que esses dois cavalos tinham a meu respeito. O terceiro não havia falado; ele passara a cabeça pela sua baia e me observava com atenção. Eu o olhava com tristeza e humildade. Ele pareceu surpreso, mas não se mexeu e ficou em silêncio, sempre me observando.

Cansado do meu dia, abatido pela tristeza e pelo arrependimento da minha vida passada, deitei-me na palha e notei que minha cama era menos confortável e menos espessa que a de meu camarada. Em vez de me zangar, como eu teria feito antigamente, disse a mim mesmo que era justo e correto que fosse assim.

"Fui maldoso", pensei, "e me puniram; tornei-me detestável e passaram a me desprezar. Devo ficar feliz por não ter sido mandado para o moinho, onde teriam me espancado, esgotado e mal acomodado".

Gemi por algum tempo e adormeci. Ao acordar, vi entrar o cocheiro, que fez eu me levantar com um pontapé, retirou meu cabresto e me deixou em liberdade. Fiquei na porta e vi com surpresa que penteavam meu camarada, escovavam-no cuidadosamente, passavam-lhe minha rédea enfeitada, colocavam em seu lombo minha sela inglesa e o conduziam à entrada da casa. Preocupado, trêmulo de ansiedade, eu o segui; quais não foram meu sofrimento e minha desolação quando vi Jacques, meu amado senhorzinho, aproximar-se do meu camarada e, após alguma hesitação, montar nele! Fiquei paralisado, devastado. O bom pequeno Jacques percebeu minha dor, porque chegou perto de mim, fez carinho em minha cabeça e me disse com tristeza:

– Pobre Cadichon! Veja o que você fez! Não posso mais montar em você, porque papai e mamãe têm medo de que você me jogue no chão. Adeus, pobre Cadichon; fique tranquilo, eu ainda amo você.

E foi embora lentamente, seguido pelo cocheiro, que lhe dizia:

– Tome cuidado, senhor Jacques, não fique tão perto de Cadichon. Ele morderá o senhor e morderá o burrinho; ele é malvado, o senhor sabe.

– Ele nunca foi malvado comigo e nunca vai ser – respondeu Jacques.

O cocheiro bateu no burro, que começou a trotar, e logo os perdi de vista. Fiquei no mesmo lugar, mergulhado em meu sofrimento. O que multiplicava minha tristeza era a impossibilidade de mostrar meu arrependimento e as boas decisões que eu havia tomado. Não conseguindo mais suportar o terrível peso que oprimia meu coração, saí correndo sem rumo. Corri por muito tempo, rompendo cercas, pulando fossos, ultrapassando barreiras, atravessando rios; só parei quando cheguei a um muro que não consegui quebrar nem ultrapassar.

Olhei ao meu redor. Onde eu estava? Eu tinha a impressão de que conhecia aquele lugar, mas não conseguia dizer com certeza. Contornei o muro devagar, porque eu estava mergulhado em suor; eu devia ter corrido durante várias horas, a julgar pela posição do sol. Faltavam alguns passos para chegar ao final do muro; contornei-o e recuei com surpresa e terror. Eu estava no túmulo de Pauline.

Minha dor só ficou ainda mais amarga.

"Pauline! Minha querida pequena dona!", eu gritava. "Você me amava porque eu era bom; eu a amava porque você era boa e infeliz. Depois de perdê-la, encontrei outros donos que eram tão bons quanto você, que me trataram com carinho. Eu era feliz. Mas tudo mudou: meu mau caráter, o desejo de fazer minha esperteza brilhar e de satisfazer minhas vinganças destruiu toda a minha felicidade: agora ninguém mais gosta de mim; se eu morrer, ninguém sentirá minha falta."

Eu chorava amargamente por dentro e me culpava pela centésima vez pelos meus defeitos. De repente, um pensamento consolador me trouxe coragem. "Se eu me tornar bom, se eu fizer tanto bem quanto fiz mal, meus senhorzinhos talvez voltem a gostar de mim; principalmente meu querido senhorzinho Jacques, que ainda gosta um pouco de mim, poderá me dar todo o seu afeto... Mas como mostrar a eles que mudei e que estou arrependido?"

Enquanto eu pensava no meu futuro, ouvi passos pesados perto do muro e uma voz de homem falar com humor:

– De que adianta chorar, bobalhão? Lágrimas não lhe farão ganhar pão, não é? Se não tenho nada a lhe dar, o que você quer que eu faça? Acha que estou de barriga cheia, eu que desde ontem de manhã só engoli ar e poeira?

– Estou muito cansado, pai.

– Pois bem! Vamos descansar por quinze minutos à sombra desse muro.

Eles contornaram o muro e vieram se sentar perto do túmulo onde eu estava. Reconheci com surpresa o pobre dono de Mirliflore, sua mulher e seu filho. Todos estavam magros e pareciam extenuados. O pai me olhou, pareceu surpreso e disse, após hesitar um pouco:

– Se estou enxergando bem, é aquele burro, aquele burro canalha que me fez perder mais de cinquenta francos na feira de Laigle. Patife! – continuou ele, dirigindo-se a mim. – É você o culpado por meu Mirliflore ter sido pisoteado pela multidão, você me impediu de ganhar uma quantia de dinheiro que teria me permitido viver por mais de um mês! Você vai me pagar, ah, se vai!

Ele se levantou e se aproximou de mim; eu não tentei recuar, sentindo que era muito merecedor da raiva daquele homem. Ele pareceu espantado.

– Não é ele – disse –, pois está tão imóvel quanto um tronco. Que belo burro – disse ele apalpando meu corpo. – Se eu pudesse ficar com ele por pelo menos um mês, não lhe faltaria pão, menino, nem à sua mãe, e eu ficaria com o estômago menos vazio.

Tomei uma decisão naquele mesmo instante: resolvi seguir aquele homem durante alguns dias, sofrer o que fosse necessário para reparar o mal que eu lhe havia feito e ajudá-lo a ganhar algum dinheiro para ele e para sua família.

Quando voltaram ao seu caminho, fui atrás deles. No início não perceberam, mas o pai, olhando para trás várias vezes e sempre me vendo em seu encalço, quis me mandar ir embora. Eu recusava e voltava a ficar perto ou atrás deles.

– Que engraçado – disse o homem –, esse burro está teimando em nos seguir! Ora, se quer vir conosco, que venha.

Ao chegar ao vilarejo, ele se apresentou a um hospedeiro e pediu jantar e abrigo, dizendo com toda a honestidade que não tinha nenhum dinheiro no bolso.

– Já tenho muitos pedintes da cidade, sem falar naqueles que não são, meu caro – respondeu o hospedeiro –; vá procurar alojamento em outro lugar.

Corri na mesma hora para perto do hospedeiro e o cumprimentei várias vezes, fazendo-o rir.

– Esse animal não parece estúpido – disse o hospedeiro rindo. – Se o senhor quiser nos entreter com os truques dele, aceito lhes dar comida e abrigo.

– Não vou recusar – respondeu o homem –; nós concederemos uma apresentação, mas só quando tivermos algo na barriga; em jejum, não é a razão que comanda.

– Entrem, entrem, vamos lhes servir imediatamente – disse o hospedeiro –; Madelon, minha velha, ponha a mesa para três, sem contar o burrinho.

Madelon lhes serviu uma boa sopa, que eles devoraram em um piscar de olhos, depois um bom cozido de repolho, que desapareceu na mesma velocidade, e por fim salada e queijo, que eles saborearam com menos avidez, pois a fome já estava saciada.

Deram-me um fardo de feno, que mal consegui comer; meu coração estava pesado e eu não sentia fome.

O hospedeiro foi convocar todo o vilarejo para ver minha apresentação; o pátio se encheu de gente, e eu entrei no círculo ao qual me conduziu meu novo dono, que estava muito constrangido, já que não sabia o que eu poderia fazer e se eu havia recebido treinamento para ser um burro inteligente. Arriscando a sorte, ele me disse:

– Cumprimente o público.

Cumprimentei à direita, à esquerda, para a frente e para trás, e todos aplaudiram.

– O que você vai mandá-lo fazer? – perguntou baixinho sua mulher. – Ele não sabe o que você quer.

– Talvez ele tenha aprendido. Os burros inteligentes são espertos; vou tentar.

– Vá, Mirliflore – esse nome me fez suspirar –, vá abraçar a mais bela dama da sociedade.

Olhei para a direita e para a esquerda; avistei a filha do hospedeiro, uma bela menina de cabelos castanhos de quinze ou dezesseis anos que estava no fundo. Fui até ela, afastando com minha cabeça aqueles que bloqueavam a passagem, e encostei meu focinho na testa da menina, que começou a rir e pareceu contente.

– Confesse, seu Hutfer, que o senhor o treinou direitinho, não foi? – disseram algumas pessoas rindo.

– Não, acreditem – respondeu Hutfer –; eu não esperava por isso.

– Agora, Mirliflore – disse o homem –, procure alguma coisa, não importa o quê, qualquer coisa que você consiga achar, e entregue-a ao mais pobre homem da sociedade.

Eu fui até a sala onde acabáramos de jantar, peguei um pão e, retornando triunfante, coloquei-o nas mãos do meu novo dono. Houve uma gargalhada geral, todos aplaudiram e um amigo exclamou: – Não foi o senhor que inventou isso, seu Hutfer; esse burro é realmente inteligente; ele aproveitou muito bem as lições do seu mestre.

– O senhor vai mesmo dar seu pão? – perguntou alguém na multidão.

– Não por isso – disse Hutfer –; devolva-me, homem do burro, não foi o que combinamos.

– É verdade – respondeu o homem –; mas meu burro não mentiu quando me apontou como o homem mais pobre da sociedade, porque não tínhamos comido desde ontem, minha mulher, meu filho e eu, por falta de duas moedas para comprar pão.

– Deixe que ele fique com o pão, meu pai – disse Henriette Hutfer –; temos de sobra no armário, e o bom Deus nos fará recuperar este aqui.

– Você é sempre assim, Henriette – disse Hutfer. – Se a escutássemos, daríamos tudo o que temos.

– E não somos mais pobres por isso, meu pai; o bom Deus sempre abençoou nossas colheitas e nossa casa.

– Ora... se é isso que você quer... que ele fique com o pão.

Ao ouvir aquelas palavras, fui até ele e o saudei profundamente. Depois, peguei com meus dentes uma pequena tigela vazia e a estendi a cada um para que depositassem uma esmola. Quando terminei de dar a volta, a tigela estava cheia; fui esvaziá-la nas mãos do meu dono e a levei de volta para o lugar onde eu a havia encontrado; despedi-me e saí com seriedade sob os aplausos do público. Meu coração estava contente; eu me sentia consolado e fortalecido em minhas boas convicções. Meu novo dono parecia encantado; quando tentou sair, todos o cercaram e pediram que fizesse uma segunda apresentação no dia seguinte; ele prometeu prontamente e foi descansar na sala com a mulher e com o filho.

Quando ficaram sozinhos, a mulher olhou para todos os lados e, não vendo ninguém além de mim, que estava com a cabeça repousada no batente da janela, disse ao marido em voz baixa:

– Caramba, homem, que engraçado! Que coisa curiosa esse burro que surge diante de nós em um cemitério, resolve simpatizar conosco e nos faz ganhar dinheiro! Quanto você tem nas mãos?

– Ainda não contei – respondeu o homem. – Ajude-me; conte esta parte e eu contarei a outra.

– Tenho oito francos e quatro centavos – disse a mulher depois de contar.

Homem: – E eu tenho sete francos e cinquenta. Isso dá... quanto isso dá, mulher?

Mulher: – Quanto isso dá? Oito mais quatro dão treze, depois nove, dá vinte e quatro, depois cinquenta, isso dá... isso dá... algo por volta de sessenta.

Homem: – Como você é estúpida! Como é que eu poderia ter sessenta francos nas mãos? Impossível! Meu filho, você que estudou deve saber contar.

Menino: – Quanto o senhor tem, papai?

Homem: – Oito francos e quatro centavos de um lado e sete francos e cinquenta de outro.

Menino (com um tom decidido): – Oito e quatro dão doze, fica um, mais sete, dá vinte, ficam dois; mais cinquenta, dá... dá... cinquenta e dois, ficam cinco.

Homem: – Imbecil! Como é que poderia dar cinquenta, se tenho oito em uma mão e sete na outra?

Menino: – Mas e os cinquenta, papai?

Homem (imitando-o): – Mas e os cinquenta, papai? Você não está entendendo, seu estúpido, que estou dizendo cinquenta centavos, e centavos não são francos.

Menino: – Mas papai, ainda assim são cinquenta.

Homem: – Cinquenta o quê? Como é estúpido! Como é estúpido! Se eu lhe desse cinquenta tabefes, você teria cinquenta francos?

Menino: – Não, papai, mas ainda seriam cinquenta.

Homem: – Então tome um para começar, grande besta!

E lhe desferiu um tapa que ressoou em todo o cômodo. O menino começou a chorar e eu fiquei com raiva. Se aquele pobre menino era estúpido, não era culpa dele.

"Esse homem não merece minha piedade", disse para mim mesmo; "graças a mim, ele tem do que viver durante oito dias; ainda quero lhe fazer ganhar a apresentação de amanhã, e então retornarei para a casa dos meus donos; talvez eu seja recebido com carinho".

Saí da janela e fui comer uns cardos que estavam nascendo à beira de um fosso. Depois, fui para o estábulo do albergue, onde vários cavalos já ocupavam os melhores lugares; acomodei-me em um canto que ninguém quis; ali pude pensar à vontade, já que ninguém me conhecia e se importava comigo. No fim do dia, Henriette Hutfer entrou no estábulo, verificou se todos tinham o necessário e, vendo-me em meu canto úmido e escuro, sem cama, nem feno, nem aveia, chamou um dos empregados do estábulo.

– Ferdinand – disse ela –, dê um pouco de palha a esse pobre burro para que ele não durma no chão úmido, coloque uma porção de aveia e um fardo de feno na frente dele e veja se ele não quer beber.

Ferdinand: – Dona Henriette, a senhora arruinará seu pai, pois cuida demais de todo mundo. De que importa que esse bicho durma em uma cama boa ou dura? É um desperdício de palha!

Henriette: – Você não acha que sou boa demais quando é de você que cuido, Ferdinand; quero que todos sejam bem tratados aqui, tanto animais quanto pessoas.

Ferdinand (com um tom malicioso): – Sem falar que há muitas pessoas que são como animais, apesar de caminharem sobre dois pés.

Henriette (sorrindo): – É por isso que dizem: animal a ponto de comer feno.

Ferdinand: – Não será à senhora que servirei um fardo de feno. A senhora é esperta... esperta... e maliciosa como um macaco!

Henriette (rindo): – Obrigada pelo elogio, Ferdinand! E o que é você, se eu sou um macaco?

Ferdinand: – Ah, senhora! De forma alguma disse que a senhora era um macaco. Se me expressei mal, considere que sou um burro, um bruto, um pato.

Henriette: – Não, não é para tanto, Ferdinand; você é apenas um papagaio, que fala demais quando deveria estar trabalhando. Arrume a cama do burro – acrescentou ela com um tom sério – e dê-lhe água e comida.

Ela saiu; Ferdinand fez resmungando o que lhe mandara sua jovem patroa. Enquanto arrumava minha cama de palha, ele me deu algumas enxadadas, jogou-me um fardo de feno para fazer graça, além de uma porção de aveia, e colocou um balde de água perto de mim. Eu não estava amarrado; se eu quisesse, poderia ir embora, mas preferia sofrer um pouco mais e fazer no dia seguinte, para completar minha boa obra, minha segunda e última apresentação.

No dia seguinte, quando a hora já estava avançada, vieram me buscar. Meu dono me levou a uma grande praça que estava cheia de gente; fui anunciado pela manhã, o que quer dizer que o tambor do vilarejo passou pelas ruas para anunciar em alto e bom som: – Nesta noite, grande apresentação do burro inteligente chamado Mirliflore; vamos nos reunir na praça em frente à prefeitura e à escola.

Repeti os truques do dia anterior e acrescentei algumas danças executadas com muita graça. Fiz a valsa e a polca e ainda preguei uma peça inocente em Ferdinand ao chamá-lo para uma valsa, relinchando em sua frente e dando-lhe a pata dianteira enquanto diziam: – Sim, sim, uma valsa com o burro! – Ele entrou no círculo rindo e começou a fazer mil saltos e galopes, que eu imitava o melhor que podia.

Por fim, sentindo-me cansado, deixei Ferdinand galopando sozinho; procurei, como na véspera, uma tigela; como não encontrei, segurei com os dentes um cesto sem tampa e dei uma volta, como na véspera, estendendo o cesto a cada uma das pessoas. Ele ficou cheio em tão pouco tempo que logo tive que esvaziá-lo no avental daquele que acreditavam ser meu dono. Continuei minha missão; depois que todos colaboraram, cumprimentei o público e esperei que meu mestre contasse o dinheiro que eu lhe fizera ganhar naquela noite, que somava mais de trinta e quatro francos. Considerando que eu já tinha feito o suficiente por ele, que meu antigo erro estava reparado e que eu poderia voltar para casa, cumprimentei meu dono e, penetrando a multidão, fui embora trotando.

– Veja! Seu burrinho está indo embora – disse Hutfer, o hospedeiro.

– E está fugindo com vontade! – disse Ferdinand.

Meu suposto dono se virou, olhou-me com preocupação e me chamou: – Mirliflore, Mirliflore! – e, vendo-me continuar minha fuga, gritou com um tom de lamento:

– Parem-no, parem-no, eu imploro! É meu pão, minha vida que ele está levando! Corram, peguem-no! Prometo-lhes mais uma apresentação se vocês me trouxerem ele de volta!

– Onde foi que o senhor arranjou esse burro? – perguntou um dos homens, que se chamava Clouet. – E desde quando tem ele?

– Tenho ele... desde que ele é meu – respondeu meu falso dono com um pouco de constrangimento.

– Isso eu entendi – disse Clouet –, mas desde quando ele é seu?

O homem não respondeu.

– É que tenho a sensação de que o conheço – disse Clouet –; ele se parece com Cadichon, o burro do casarão da Herpinière; é Cadichon ou estou muito enganado.

Eu tinha parado; ouvi alguns murmúrios e vi o constrangimento do meu dono; subitamente, ele se jogou no meio da multidão e correu para o lado oposto ao meu, seguido por sua mulher e por seu filho.

Alguns quiseram correr atrás dele, outros disseram que era inútil, já que eu tinha conseguido escapar e que o homem só estava levando o próprio dinheiro, que eu lhe fizera ganhar honestamente.

– E quanto a Cadichon – acrescentaram –, ele não terá dificuldade para encontrar o caminho de volta e não se deixará levar contra sua vontade.

A multidão se dispersou e todos voltaram para casa. Retomei meu caminho, esperando encontrar meus verdadeiros donos antes do anoitecer; mas como ainda havia uma longa distância pela frente, precisei parar para descansar quando estava a uma légua do casarão. A noite chegou e os estábulos já deviam estar fechados; então, decidi deitar-me em um pequeno bosque de pinheiros que margeava um riacho.

Eu tinha acabado de me acomodar em minha cama de musgo quando ouvi alguém andando com cuidado e falando baixo. Olhei, mas não vi nada; a noite estava muito escura. Eu escutava com toda a minha atenção e ouvi a seguinte conversa.

OS LADRÕES

– Ainda não está escuro o suficiente, Bronco; seria mais inteligente ficarmos escondidos neste bosque.

– Mas Corta-Caminho – disse Bronco –, a gente precisa de um pouco de luz para conseguir identificar o local; eu não estudei as portas de entrada.

– Você nunca estudou nada – disse Corta-Caminho –; erraram feio quando apelidaram você de Bronco; por mim, seu nome seria Tonto.

Bronco: – Ainda assim, sou eu quem sempre tem as boas ideias.

Corta-Caminho: – Boas ideias? Depende. O que a gente vai fazer no casarão?

Bronco: – O que a gente vai fazer? Assaltar a horta, cortar as cabeças de alcachofra, arrancar os talos de ervilha e de feijão, os nabos e as cenouras e roubar as frutas. Haja trabalho!

Corta-Caminho: – E depois?

Bronco: – O que tem depois? Vamos juntar todo o resultado dessa jardinagem, passar ele por cima do muro e vender tudo no mercado de Moulins.

Corta-Caminho: – E como você pretende entrar no jardim, imbecil?

Bronco: – Por cima do muro, com uma escada, óbvio. Ou você quer que eu peça educadamente ao jardineiro que me dê chave e ferramentas?

Corta-Caminho: – Palhaço! Só estou perguntando se você demarcou o lugar onde a gente deve escalar o muro.

Bronco: – Não, é isso que estou dizendo, não demarquei; é por isso que prefiro ir um pouco antes para conhecer o local.

Corta-Caminho: – E se alguém vir você, o que você vai dizer?

Bronco: – Vou dizer... que vim pedir um copo de sidra e um pedaço de pão.

Corta-Caminho: – Besteira; tenho uma ideia. Conheço a horta; há um local em que o muro está danificado. Se eu colocar os pés nos buracos, consigo chegar ao alto do muro, encontro uma escada e passo ela para você, já que você não tem força para escalar.

Bronco: – Não, não sou tão liso quanto você.

Corta-Caminho: – Mas e se alguém vier incomodar?

Bronco: – Ora, não seja criança! Se alguém vier me perturbar, sei muito bem o que fazer.

Corta-Caminho: – O que você vai fazer?

Bronco: – Se for um cachorro, eu degolo; não é por acaso que minha faca está sempre afiada.

Corta-Caminho: – E se for um homem?

– Um homem? – perguntou Bronco coçando a orelha. – Aí é mais complicado... Um homem? Não posso matar um homem como se fosse um cachorro. Se fosse por alguma coisa de valor, eu poderia pensar no caso, mas por legumes? Sem falar que esse casarão é cheio de gente!

Corta-Caminho: – E então, o que você vai fazer?

Bronco: – Para dizer a verdade, eu fujo: é mais seguro.

Corta-Caminho: – Você é um covarde, sabia? Se você vir ou ouvir um homem, apenas me chame, que eu dou conta do problema.

Bronco: – Faça como quiser, não é o que eu faria.

Corta-Caminho: – Por enquanto, ficamos acertados assim. A gente espera a noite avançar, se aproxima do muro da horta, você fica em um lado para avisar se alguém estiver vindo; eu escalo até o outro lado, passo uma escada e você atravessa.

– Está bom assim – disse Bronco.

Ele se virou preocupado, prestou atenção e falou baixinho:

– Ouvi alguma coisa se mexer ali atrás. Será que há alguém?

– Quem você acha que vai se esconder no bosque? – respondeu Corta--Caminho. – Você sempre está com medo. Deve ser só um sapo ou uma cobra.

Eles não disseram nada. Eu também não me mexi e pensei no que faria para impedir os ladrões de entrar e para conseguir que fossem pegos. Eu não tinha como avisar ninguém, não podia nem mesmo proteger a entrada da horta. Entretanto, após pensar bem, tomei uma decisão que poderia impedir os ladrões de agir e detê-los. Esperei que eles fossem embora para sair de onde eu estava. Não queria me mexer enquanto corresse o risco de ser ouvido.

A noite estava bastante escura. Eu sabia que eles não conseguiriam caminhar muito rápido; peguei um caminho mais curto pulando por cima das cercas e cheguei muito antes deles ao muro da horta. Eu conhecia o local degradado do qual Corta-Caminho havia falado. Encostei-me no muro perto dali: não conseguiriam me ver.

Esperei por quinze minutos, ninguém apareceu. Finalmente ouvi passos surdos e um cochicho baixinho. Os passos se aproximavam com cuidado; alguns vinham em minha direção; era Corta-Caminho. Os outros se afastavam em direção à outra ponta do muro, do lado da porta da entrada; era Bronco. Eu não via, mas ouvia tudo. Quando Corta-Caminho chegou ao local onde alguns tijolos caídos tinham deixado buracos suficientemente grandes para encaixar os pés, ele começou a escalar, tateando com os pés e com as mãos. Eu não me mexia, quase não respirava para ouvir e identificar cada um dos movimentos dele. Quando ele havia escalado até a altura da minha cabeça, joguei-me contra o muro, peguei-o pela perna e puxei-o com força; antes que ele pudesse entender o que estava acontecendo, caiu no chão, atordoado pela queda, machucado pelas pedras; para impedi-lo de gritar ou de chamar seu companheiro, dei-lhe um forte pontapé na cabeça, que acabou de atordoá-lo e o deixou sem consciência. Em seguida, permaneci imóvel, perto dele, pensando que seu companheiro viria ver o que estava acontecendo. De fato, não demorei para ouvir Bronco se aproximar com cuidado. Ele dava alguns passos, parava, escutava... nada. Aproximava-se mais um pouco... conseguiu chegar bem perto de onde seu companheiro estava, mas, do outro lado do muro, não o podia ver estendido no chão, imóvel.

– Psiu! ... Psiu! ... Está com a escada? ... Posso subir? – perguntava ele em voz baixa. O outro não se dignou a responder, já que não o ouvia. Vi que ele não pretendia escalar e fiquei com medo de que fosse embora; era hora de agir. Subi no muro e avancei para cima dele, derrubando-o quando o puxei pela parte de trás da blusa. Dei-lhe, assim como no outro, um bom pontapé na cabeça; tive o mesmo sucesso e o deixei inconsciente ao lado do amigo. Então, não tendo mais nada a perder, comecei a relinchar com minha voz mais formidável. Corri para a casa do jardineiro, para os estábulos, para o casarão, relinchando com tamanha violência que todos foram acordados. Alguns homens, os mais corajosos, saíram com armas e lanternas; corri até eles e os guiei, indo na frente, até os dois ladrões estendidos aos pés do muro.

– Dois homens mortos! O que isso significa? – disse o pai de Pierre.
Pai de Jacques: – Eles não estão mortos, estão respirando.
Jardineiro: – Um deles acabou de gemer.
Cocheiro: – Sangue! Uma ferida na cabeça!
Pai de Pierre: – E o outro também, o mesmo ferimento! Parece uma pisada de cavalo ou de burro.

Pai de Jacques: – Sim, a testa deles tem uma marca da ferradura.

Cocheiro: – O que os patrões acham? O que querem que façamos com esses homens?

Pai de Pierre: – É preciso levá-los para a casa, atrelar a carruagem e ir chamar o médico. Quanto a nós, enquanto aguardamos o médico, nos encarregaremos de fazê-los recuperar a consciência.

O jardineiro trouxe uma maca; acomodaram os feridos e os levaram para um grande cômodo que servia de estufa durante o inverno. Eles ainda estavam imóveis.

– Não conheço esses rostos – disse o jardineiro após examiná-los atentamente sob a luz.

– Talvez eles tenham consigo documentos que digam quem são – disse o pai de Louis –; avisaremos às famílias que eles estão aqui e feridos.

O jardineiro vasculhou os bolsos dos homens e tirou alguns papéis, que entregou ao pai de Jacques, e duas facas bem afiadas e pontudas, além de um grande molho de chaves.

– Ora essa! Isso deixa bem claro o que fazem esses senhores! – exclamou. – Vieram para nos roubar e talvez até nos matar.

– Estou começando a entender – disse o pai de Pierre. – A presença de Cadichon e seus relinchos explicam tudo. Esses homens vieram para nos roubar; Cadichon os descobriu com seu instinto de sempre; lutou com eles, deu-lhes um coice e feriu a cabeça deles, e então começou a relinchar para nos chamar.

– Foi isso, deve ser isso – disse o pai de Jacques. – O bravo Cadichon pode se gabar de ter nos prestado um corajoso serviço. Venha, Cadichon, desta vez você conquistou nossa gratidão.

Fiquei contente; eu estava andando de um lado para o outro em frente à estufa enquanto cuidavam de Bronco e de Corta-Caminho. O doutor Tudoux não demorou para chegar, mas os ladrões ainda não tinha recuperado a consciência.

Ele examinou os ferimentos.

– Foram dois golpes muito bem dados – ele disse. – Vê-se claramente a marca de uma pequena ferradura de cavalo, como se fosse de uma pata de burro. Ora... – acrescentou olhando para mim – não seria uma nova maldade desse animal que está nos observando como se nos compreendesse?

– Maldade, não, mas sim um serviço fiel e inteligente – respondeu o pai de Pierre. – Esses homens são ladrões, veja essas facas e esses papéis que eles traziam consigo.

E começou a ler:

"Nº 1. Casa Herp. Muita gente; difícil de roubar; horta fácil; legumes e frutas, muro pouco alto."

"Nº 2. Presbitério. Pároco velho; sem armas. Criada surda e velha. Bom de roubar durante a missa."

"Nº 3. Casa Sourval. Dono ausente; mulher sozinha no térreo, empregado no segundo andar; bela prataria; boa de roubar. Matar se gritarem."

"Nº 4. Casa Chanday. Cães de guarda fortes para envenenar; ninguém no térreo; prataria; galeria com itens ricos e joias. Matar se chegar alguém."

– Vocês estão vendo – continuou o pai –, que esses homens são bandidos que vieram roubar nossa horta, na falta de algo melhor. Enquanto vocês cuidam deles, vou mandar alguém à cidade avisar o sargento de polícia.

O doutor Tudoux tirou um estojo de seu bolso, pegou uma lanceta e tirou sangue dos dois ladrões. Não demoraram para abrir os olhos e pareceram assustados quando se viram cercados de pessoas e em um cômodo do casarão. Quando estavam completamente recuperados, tentaram falar.

– Quietos, seus patifes – disse-lhes o doutor Tudoux calma e pausadamente. – Quietos; não precisamos de seu lenga-lenga para saber quem vocês são e o que vieram fazer aqui.

Bronco levou a mão ao casaco, mas os papéis não estavam mais lá; procurou sua faca, mas não a encontrou. Ele observou Corta-Caminho com um olhar sombrio e lhe disse em voz baixa:

– Eu bem lhe disse no bosque que tinha ouvido algum barulho.

– Cale-se – disse Corta-Caminho também em voz baixa –; alguém pode ouvir. Temos que negar tudo.

Bronco: – Mas eles estão com nossos papéis.

Corta-Caminho: – Diga que encontramos os papéis.

Bronco: – E as facas?

Corta-Caminho: – As facas também, estúpido! É preciso ter coragem.

Bronco: – Quem foi que lhe deu essa paulada na cabeça que o deixou tão tonto?

Corta-Caminho: – Eu não sei, de verdade, não sei nada; não tive tempo de ver nem de ouvir. Em um segundo fui jogado no chão e golpeado.

Bronco: – Comigo aconteceu o mesmo. Mas temos que saber se alguém viu a gente subir no muro.

Corta-Caminho: – Nós vamos saber. Afinal, quem golpeou a gente em algum momento vai ter que vir dizer como e por quê.

Bronco: – É mesmo! Bem pensado. Até lá, vamos negar tudo. Vamos combinar os detalhes, para não cairmos em contradição. Para começar, a gente estava junto na estrada? Onde a gente encontrou as…?

– Separem esses dois homens – disse o pai de Louis –; eles vão inventar juntos as histórias que nos contarão.

Dois homens pegaram Bronco, enquanto dois outros se encarregaram de Corta-Caminho; apesar da resistência dele, amarraram seus pés e suas mãos e o levaram para um outro cômodo.

A noite estava bem avançada e aguardavam ansiosamente o sargento de polícia. Ele chegou ao amanhecer, escoltado por quatro guardas, pois tinham lhe dito que se tratava da prisão de dois ladrões. Os pais dos meus senhorzinhos contaram tudo o que havia acontecido e mostraram os papéis e as facas encontradas nos bolsos dos ladrões.

– Esse tipo de faca – disse o sargento – indica que são ladrões perigosos que matam para roubar. É fácil confirmar por esses papéis, que descrevem os roubos a serem feitos nas redondezas. Eu não ficaria surpreso se esses dois homens fossem os chamados Bronco e Corta-Caminho, bandidos muito perigosos que escaparam do cárcere e que são procurados em várias regiões onde cometeram inúmeros roubos audaciosos. Vou interrogá-los separadamente; o senhor pode assistir ao interrogatório, se desejar.

Ao concluir essas palavras, entrou na estufa, onde estava Bronco. Ele o olhou por um instante e disse:

– Bom dia, Bronco! Então você se deixou pegar?

Bronco estremeceu, enrubesceu, mas não respondeu.

– Muito bem! Bronco – disse o sargento –, perdeu sua língua? Ela estava muito bem afiada no último processo.

– Com quem o senhor está falando? – respondeu Bronco, olhando para todos os lados. – Sou o único aqui.

Sargento: – Sei muito bem que é o único aqui; é com você mesmo que estou falando.

Bronco: – Não sei por que o senhor está falando comigo como se me conhecesse; não sei quem é o senhor.

Sargento: – Mas eu o conheço muito bem. Você é Bronco, fugitivo do cárcere, condenado ao serviço forçado por roubo e violência.

Bronco: – O senhor está enganado; não sou quem o senhor supõe conhecer tão bem.

Sargento: – Quem é você, então? De onde vem? Aonde estava indo?

Bronco: – Sou um comerciante de ovelhas; eu estava a caminho de uma feira, em Moulins, para comprar cordeiros.

Sargento: – Essa é a verdade? E quanto ao seu camarada? Ele também é comerciante de ovelhas e cordeiros?

Bronco: – Não sei de nada; a gente tinha se encontrado pouco antes de ser atacado e derrubado por um bando de ladrões.

Sargento: – E os papéis que vocês traziam nos bolsos?

Bronco: – Não faço ideia de que papéis sejam esses; a gente encontrou eles não muito longe daqui, mas não teve tempo de ler.

Sargento: – E as facas?

Bronco: – As facas estavam com os papéis.

Sargento: – Quanta sorte ter encontrado e recolhido tudo isso sem ver o que era; a noite estava bem escura.

Bronco: – Assim é o acaso. Meu camarada pisou em cima e achou graça do barulho; ele se abaixou e eu o ajudei; quando a gente tateou, encontrou os papéis e as facas, cada um ficou com uma coisa.

Sargento: – É uma pena que cada um tenha ficado com uma coisa, pois serei obrigado a enfiar os dois na prisão.

Bronco: – O senhor não tem o direito de colocar a gente na prisão; somos pessoas de bem...

Sargento: – É o que veremos, e não demorará muito. Até breve, Bronco. Não se incomode – acrescentou ele ao ver que Bronco tentava se levantar de seu banco. – Guardas, cuidem bem desse senhor, para que não lhe falte nada. E não tirem os olhos dele, pois é um bronco que já nos escapou duas vezes.

O sargento saiu, deixando Bronco abatido e preocupado.

– Tomara que Corta-Caminho conte a mesma história que eu – ele pensou. – Seria muita sorte se ele repetisse o que eu disse.

Ao ver o sargento entrar, Corta-Caminho se sentiu desesperado, mas conseguiu esconder sua preocupação. Observou com indiferença o sargento, que o examinava atentamente.

– Como é que o senhor veio parar aqui, machucado e amarrado? – perguntou o sargento.

– Não sei de nada – respondeu Corta-Caminho.

Sargento: – O senhor está consciente de quem é? Aonde estava indo? Por quem foi ferido?

Corta-Caminho: – Sei muito bem quem sou e aonde eu estava indo, mas não sei quem me atacou com tanta brutalidade.

Sargento: – Então, vamos aos poucos. Quem é o senhor?

Corta-Caminho: – O que o senhor tem a ver com isso? O senhor não tem o direito de sair por aí perguntando às pessoas quem elas são.

Sargento: – Tanto tenho o direito que meto as algemas naqueles que não me respondem e mando-os para a prisão da cidade. Vou recomeçar. Quem é o senhor?

Corta-Caminho: – Sou vendedor de sidra.

Sargento: – Seu nome, por favor?

Corta-Caminho: – Carminho.

Sargento: – Aonde o senhor estava indo?

Corta-Caminho: – A muitos lugares, compro sidra onde quer que vendam.

Sargento: – O senhor estava sozinho? Tinha um companheiro?

Corta-Caminho: – Sim, meu sócio; fazíamos negócios juntos.

Sargento: – Os senhores tinham uns papéis nos bolsos. Sabe que papéis são esses?

Corta-Caminho observou o sargento.

"Ele leu os papéis", pensou, "quer me envolver nisso, mas vou ser mais esperto que ele."

E respondeu em voz alta:

– Se eu sei? Acho que sei muito bem! Papéis perdidos por bandidos, sem dúvida, que eu iria levar à delegacia da cidade.

Sargento: – Como o senhor conseguiu esses papéis?

Corta-Caminho: – Nós os havíamos encontrados na estrada, meu companheiro e eu; demos uma olhada neles e logo nos apressamos para nos livrarmos daquilo; é por isso que estávamos caminhando à noite.

Sargento: – E as facas que estavam com vocês?

Corta-Caminho: – Quanto às facas, nós as havíamos comprado para nos defendermos; pensávamos que havia ladrões na cidade.

Sargento: – E como e por quem o senhor e seu companheiro foram atacados?

Corta-Caminho: – Justamente por ladrões que nos atacaram sem que os pudéssemos ver.

Sargento: – Ora! Bronco não contou a mesma história.

Corta-Caminho: – Bronco teve tanto medo que perdeu a memória; não acredite no que ele diz.

Sargento: – Não acreditei, não mais do que acredito no que o senhor está me dizendo, caro Corta-Caminho, porque agora estou reconhecendo-o bem; o senhor mesmo se entregou.

Corta-Caminho percebeu a besteira que fizera ao confirmar que seu companheiro se chamava Bronco. Aquele apelido tinha sido dado a ele na prisão para zombar de sua pouca inteligência.

Quanto a Corta-Caminho, seu verdadeiro nome era *Carminho*; um dia, quando estavam apressados para deixar o refeitório, Bronco lhe gritou *corta carminho!*, e o nome pegou.

Não havia mais como negar, mas ele não queria confessar; decidiu dar de ombros, dizendo:

– E por acaso eu sei quem é Bronco? Não seria difícil adivinhar que o senhor estava falando do meu companheiro; acho que o senhor o chamou de bronco para caçoar.

– Chega! Distorça os fatos como quiser – disse o sargento –, eles são tão falsos quanto a história de que o senhor viaja para comprar sidra com seu companheiro; de que encontraram os papéis na estrada e os estavam levando, após os terem lido, para a polícia na cidade; de que compraram as facas para se defenderem de ladrões; e de que foram atacados e feridos por esses mesmos ladrões. É verdade?

Corta-Caminho: – Sim, esses são meus fatos.

Sargento: – Então, chame-os de *história*, porque seu companheiro disse exatamente o contrário.

– O que ele lhe disse? – perguntou Corta-Caminho preocupado.

– O senhor não precisa saber por enquanto. Quando estiverem de volta à prisão, ele lhe contará.

E o sargento saiu, deixando Corta-Caminho em um estado de fúria e de preocupação fácil de imaginar.

– O senhor acredita, doutor, que esses homens sejam capazes de caminhar até a cidade? – perguntou o sargento ao doutor Tudoux.

– Acho que conseguem se puderem ir devagar – respondeu o doutor Tudoux pausadamente. – De toda forma, mesmo que acabassem caindo no meio da estrada, poderíamos levantá-los e colocá-los em um carro que mandaríamos buscar. Mas a cabeça deles foi afetada pelo pontapé do burro; eles podem muito bem morrer em três ou quatro dias.

O sargento estava em uma encruzilhada: embora os prisioneiros não despertassem nele qualquer compaixão, ele tinha bom coração e não os queria fazer sofrer sem necessidade. Seu Ponchat, pai de Pierre e de Henri, vendo o constrangimento do sargento, sugeriu mandar atrelar uma charrete. O sargento agradeceu e aceitou. Quando a charrete chegou à porta, fizeram entrar nela Bronco e Corta-Caminho, cada um deles cercado por dois guardas. Além disso, tiveram o cuidado de amarrar os pés deles, para que não pudessem pular da charrete e fugir. O sargento, a cavalo, ia ao lado da charrete e não perdia de vista seus prisioneiros. Eles não demoraram para sumir de vista, e eu fiquei sozinho em frente à casa, comendo grama, esperando ansiosamente a hora do passeio dos meus pequenos senhorzinhos, mas principalmente do meu pequeno Jacques, que eu ansiava rever. Eu esperava que aquele serviço que eu tinha acabado de prestar bastasse para que eu fosse perdoado pela minha maldade do passado.

Quando o dia estava totalmente claro e todos haviam se levantado, se vestido e tomado o café da manhã, um grupo correu até o pórtico da casa. Eram as crianças. Todas correram até mim e me acariciaram até ficarem cansadas; mas, de todos os afagos, os do meu pequeno Jacques foram os mais afetuosos.

– Meu bom Cadichon, você voltou! Eu estava tão triste por você ter ido embora! Meu querido Cadichon, veja, a gente continua amando você!

Camille: – É mesmo, ele voltou a ser muito bonzinho.

Madeleine: – E não tem mais aquele ar insolente que tinha há algum tempo.

Elisabeth: – E não morde mais seu camarada nem os cães de guarda.

Louis: – E deixa que lhe coloquem a sela e a rédea com muita calma.

Henriette: – E não come mais os buquês que trago nas mãos.

Jeanne: – E não dá mais coice quando montamos nele.

Pierre: – E não corre mais atrás do meu pônei para morder o rabo dele.

Jacques: – E salvou todos os legumes e as frutas da horta quando fez os dois ladrões serem pegos.

Henri: – E feriu a cabeça deles com suas patas.

Elisabeth: – Mas o que ele fez para que os ladrões fossem presos?

Pierre: – Ninguém sabe o que ele fez; mas ele deu o alerta com relinchos. Papai, meus tios e alguns empregados saíram e viram Cadichon indo de um lado para o outro, galopando sem parar entre a casa e o jardim; eles seguiram Cadichon com lanternas, e Cadichon levou eles até o fim do muro da horta; lá eles encontraram dois homens desmaiados e descobriram que eram ladrões.

Jacques: – Como eles descobriram que eram ladrões? Os ladrões têm cara e roupas diferentes das nossas?

Elisabeth: – Ah! Acredito que eles não são parecidos com a gente! Já vi um bando de ladrões; eles tinham chapéus pontudos, casacos marrons e rostos malvados com enormes bigodes.

– Onde você viu esses ladrões? Quando? – todas as crianças perguntaram juntas.

Elisabeth: – Vi no último inverno, no teatro de Franconi.

Henri: – Ha-ha-ha! Que bobagem! Achei que você estivesse falando de ladrões de verdade que tinha encontrado em uma de suas viagens, e achei estranho que meu tio e minha tia não tivessem falado disso.

Elisabeth (contrariada): – Tenho certeza, meu caro, de que eram ladrões de verdade e que os guardas lutaram com eles e os mataram ou levaram para a prisão. Isso não tem graça nenhuma; senti muito medo e alguns pobres guardas ficaram feridos.

Pierre: – Ha-ha-ha! Como você é boba! O que você viu é o que chamam de comédia, que é feita por homens que são pagos e que repetem as mesmas coisas todas as noites.

Elisabeth: – E como é que você quer que eles repitam, se foram mortos?

Pierre: – Você não entendeu que eles fingem que são mortos ou feridos, mas estão tão bem quanto você e eu.

Elisabeth: – Então, como papai e meus tios descobriram que aqueles homens eram ladrões?

Pierre: – Encontraram nos bolsos deles facas de matar gente e...

Jacques (interrompendo): – Como são as facas de matar gente?

Pierre: – Ué... ora... são como todas as facas.

Jacques: – Então como é que você sabe que são facas de matar gente? Talvez sejam de cortar pão.

Pierre: – Você está me cansando, Jacques; você sempre quer entender cada detalhe e ainda me interrompeu quando eu ia dizer que encontraram papéis em que tinham escrito que roubariam nossos legumes e que matariam o pároco e muitas outras pessoas.

Jacques: – E por que eles não queriam matar a gente?

Elisabeth: – Porque eles sabiam que papai e meus tios são muito corajosos, que eles têm pistolas e espingardas, e que a gente teria ajudado.

Henri: – Realmente, você ia ajudar muito se viessem atacar a gente.

Elisabeth: – Eu ia ser tão corajosa quanto você, meu caro, e ia puxar os ladrões pelas pernas para não matarem papai.

Camille: – Chega, chega, não briguem! Deixem Pierre contar o que ouviu.

Elisabeth: – A gente não precisa de Pierre para saber o que todo mundo já sabe.

Pierre: – Então por que vocês estão perguntando como papai descobriu os ladrões?

– Senhor Pierre, senhor Henri, o senhor Auguste está à sua procura – disse o jardineiro, que viera abastecer a cozinha com legumes.

– Onde ele está? – perguntaram Pierre e Henri.

– No jardim, senhores – respondeu o jardineiro –; ele não se atreveu a aproximar-se do casarão por medo de encontrar Cadichon.

Eu suspirava e pensava que o pobre Auguste tinha razão em ter medo de mim depois daquele triste dia em que eu quase o afogara no fosso de lama, após tê-lo feito se arranhar nas silveiras e nos espinheiros e tê-lo derrubado bruscamente ao morder seu pônei.

"Devo-lhe um pedido de desculpas", pensei, "mas o que posso fazer para mostrar que ele não precisa mais ter medo de mim?"

O PEDIDO DE DESCULPAS

Enquanto eu procurava em vão algo que pudesse fazer para demonstrar meu arrependimento a Auguste, as crianças se aproximaram do local onde eu pastava e pensava. Vi que Auguste ficou a uma certa distância de mim e me olhava com um ar desconfiado.

Pierre: – Vai fazer calor hoje, acho que um passeio demorado não vai ser legal. É melhor a gente ficar na sombra do parque.

Auguste: – Pierre está certo, principalmente porque desde a doença que quase me matou eu tenho me sentido fraco e logo fico cansado em passeios longos.

Henri: – E foi Cadichon o culpado da sua doença, você deve odiar ele.

Auguste: – Não acho que ele fez de propósito, ele deve ter ficado com medo de algo no caminho. Por isso ele deve ter dado aquele pulo que me jogou naquele terrível fosso. Então, não odeio ele; eu só...

Pierre: – Só o quê?

Auguste (enrubescendo levemente): – Só prefiro não montar mais nele.

A generosidade daquele pobre menino me comoveu e aumentou meu arrependimento por tê-lo maltratado daquela forma.

Camille e Madeleine sugeriram que eles fizessem o almoço. As crianças tinham construído um forno em seu jardim; elas o aqueciam com madeira seca que elas mesmas recolhiam. A sugestão foi aceita com alegria; as crianças correram para pedir aventais de cozinha e voltaram para fazer os preparos no jardim. Auguste e Pierre trouxeram a madeira; eles quebravam cada galho em dois e enchiam o forno.

Antes de acendê-lo, eles se reuniram para saber o que serviriam.

– Eu vou fazer uma omelete – disse Camille.

Madeleine: – Eu, um creme de café.

Elisabeth: – Eu, costelinhas.

Pierre: – E eu, um vinagrete frio de vitela.

Henri: – Eu, uma salada de batata.

Jacques: – Eu, morangos com creme.

Louis: – Eu, torradas de pão com manteiga.

Henriette: – E eu, açúcar ralado.

Jeanne: – E eu, cerejas.

Auguste: – E eu vou cortar o pão, arrumar a mesa, preparar o vinho e a água e servir todo mundo.

E todos foram à cozinha para pedir o necessário para os pratos que serviriam. Camille trouxe ovos, manteiga, sal, pimenta, um garfo e uma frigideira.

– Preciso de fogo para derreter minha manteiga e cozinhar meus ovos – ela disse. – Auguste, Auguste, fogo, por favor.

Auguste: – Onde devo acender?

Camille: – Perto do forno; depressa, já estou batendo os ovos.

Madeleine: – Auguste, Auguste, vá até a cozinha e traga café para o creme que estou batendo; eu esqueci; rápido, depressa!

Auguste: – Preciso acender o fogo para Camille.

Madeleine: – Depois; busque logo meu café, não demore, estou com pressa.

Auguste saiu correndo.

Elisabeth: – Auguste, Auguste, preciso de brasas e de uma grelha para minhas costelinhas; terminei de cortar elas do jeito certo.

Auguste, que chegava com o café, saiu correndo de novo para buscar a grelha.

Pierre: – Preciso de óleo para meu vinagrete.

Henri: – E eu, de vinagre para minha salada; Auguste, busque depressa óleo e vinagre.

Auguste, que estava trazendo a grelha, voltou correndo para buscar o vinagre e o óleo.

Camille: – Ué! E meu fogo, é assim que você vai acender, Auguste? Meus ovos já estão batidos, você vai fazer eu perder minha omelete.

Auguste: – Tive que atender a vários pedidos, ainda não tive tempo de acender o fogo.

Elisabeth: – E minhas brasas? Onde estão, Auguste? Você esqueceu minhas brasas!

Auguste: – Não esqueci, Elisabeth, mas não consegui, mandaram eu correr.

Elisabeth: – Não vou ter tempo de grelhar minhas costelinhas; vá logo, Auguste.

Louis: – Preciso de uma faca para cortar minhas torradas. Uma faca, rápido, Auguste.

Jacques: – Não tenho açúcar para meus morangos; rale açúcar para meus morangos, Henriette; rápido!

Henriette: – Estou ralando o máximo que consigo, mas estou cansada; vou descansar um pouco. Estou com tanta sede!

Jeanne: – Coma umas cerejas; eu também estou com sede.

Jacques: – E eu? Vou experimentar um pouco; refresca a língua.

Louis: – Também quero me refrescar um pouco; fazer torrada cansa.

E logo os quatro pequenos estavam em volta do cesto de cerejas.

Jeanne: – Vamos sentar; vai ser mais confortável para a gente se refrescar.

Eles se refrescaram tanto que comeram todas as cerejas; quando não restou mais nenhuma, entreolharam-se preocupados.

Jeanne: – Acabaram todas.

Henriette: – Eles vão dar uma bronca na gente.

Louis (preocupado): – Meu Deus! E agora?

Jacques: – Vamos pedir ajuda para Cadichon.

Louis: – O que você quer que Cadichon faça? Ele não pode fazer brotar cerejas se comemos todas elas!

Jacques: – Pouco importa; Cadichon, meu bom Cadichon, venha nos ajudar; veja nosso cesto vazio e trate de completar.

Eu estava bem perto dos quatro comilões. Jacques colocou o cesto vazio bem diante dos meus olhos para me fazer entender o que queria de mim. Farejei e parti trotando devagar; fui até a cozinha, onde eu tinha visto um cesto de cerejas, peguei-o nos dentes, trouxe-o de volta e o deixei no meio das crianças, que ainda estavam sentadas em círculo perto dos caroços e raminhos de cerejas que tinham colocado em seus pratos.

Um grito de alegria acolheu meu retorno. Os outros viraram para trás ao ouvir aquele grito e perguntaram o que estava acontecendo.

– Foi Cadichon! Foi Cadichon! – exclamou Jacques.

– Cale-se – disse Jeanne –; assim eles vão saber que comemos tudo.

– E daí se souberem? – respondeu Jacques. – Quero que eles também saibam como Cadichon é bondoso e esperto.

E, correndo até eles, contou-lhes como eu havia consertado sua gulodice. Em vez de dar uma bronca nos quatro pequenos, eles elogiaram Jacques por sua honestidade e também fizeram grandes elogios à minha inteligência.

Enquanto isso, Auguste acendera o fogo de Camille e as brasas de Elisabeth; Camille cozinhava a omelete, Madeleine terminava o creme, Elisabeth grelhava as costelinhas, Pierre cortava a vitela em fatias para temperá-las, Henri mexia e remexia a salada de batata, Jacques misturava o morangos e o creme, Louis finalizava uma pilha de torradas, Henriette raspava o açúcar, que já estava transbordando do açucareiro, Jeanne descascava as cerejas do cesto, e Auguste, suando, esbaforido, colocava a mesa e corria para arranjar água gelada para resfriar o vinho e para embelezar a aparência da mesa com tábuas de rabanetes, de pepinos, de sardinhas e de azeitonas. Ele tinha esquecido do sal e não tinha pensado nos talheres; percebeu que estavam faltando copos e descobriu besouros e moscas caídas nos copos e nos pratos. Quando tudo estava pronto, quando todos os pratos estavam posicionados sobre a toalha de mesa, Camille deu um tapa na própria testa.

– Ah! – disse. – A gente só esqueceu de uma coisa: pedir permissão às nossas mães para almoçar do lado de fora e para comer nossa comida.

– Vão depressa – gritaram as crianças –, Auguste ficará cuidando do almoço.

E, correndo em direção à casa, todos entraram na sala onde estavam reunidos os pais e as mães.

A presença daquelas crianças vermelhas, ofegantes, com aventais de cozinha que lhes davam a aparência de um grupo de aprendizes de cozinheiro, surpreendeu os pais.

As crianças, cada uma correndo para sua mãe, pediram permissão para almoçar do lado de fora com tanta voracidade que as mães não conseguiram entender o pedido imediatamente. Após algumas perguntas e algumas explicações, a permissão foi concedida, e as crianças logo correram para encontrar Auguste e seu almoço. Auguste havia desaparecido.

– Auguste! Auguste! – elas gritaram.

– Estou aqui, estou aqui – respondeu uma voz que parecia vir do céu.

Todas ergueram a cabeça e avistaram Auguste, que estava pendurado em cima de um carvalho e começava a descer com calma e cuidado.

– Por que você foi até lá em cima? Que ideia maluca você teve! – disseram Pierre e Henri.

Auguste continuava descendo sem responder.

Quando chegou ao chão, as crianças viram com surpresa que ele estava pálido e trêmulo.

Madeleine: – Por que você subiu na árvore, Auguste, o que aconteceu?

Auguste: – Sem Cadichon, vocês não teriam encontrado nem eu nem o almoço; foi para proteger minha vida que subi no alto desse carvalho.

Pierre: – Conte o que aconteceu. Como Cadichon salvou sua vida e nosso almoço?

Camille: – Vamos sentar à mesa; a gente pode ouvir enquanto come; estou morrendo de fome.

Eles se sentaram na grama, ao redor da toalha de mesa. Camille serviu a omelete, que todos acharam deliciosa; Elisabeth serviu as costelinhas, que estavam muito boas, embora um pouco assadas demais. O restante do almoço veio em seguida. Enquanto comiam, Auguste contou o que aconteceu:

– Assim que vocês saíram, vi os dois grandes cães da fazenda se aproximando, atraídos pelo cheiro da comida. Achei que podia expulsar eles ameaçando com um porrete que peguei. Mas eles estavam vendo as costelinhas, a omelete, o pão, a manteiga, o creme... em vez de ficarem com medo do meu porrete, eles tentaram avançar em mim. Bati com o porrete na cabeça do maior, mas ele pulou nas minhas costas...

– Como assim, nas suas costas? – perguntou Henri. – Ele deu a volta em você?

– Não – respondeu Auguste com vergonha –, é que eu tinha jogado o porrete no chão, não tinha mais nada para me defender, e você sabe que eu não ia deixar aqueles cães esfomeados me devorarem.

– Eu sei – disse Henri com um tom caçoador –, foi você quem deu meia-volta para fugir.

– Eu estava indo chamar vocês – disse Auguste –, mas aquelas feras malditas correram atrás de mim. Foi quando Cadichon veio em meu socorro e pegou o maior dos dois cães pela pele das costas; Cadichon sacudiu o cão enquanto eu escalava a árvore; o outro cão pulou atrás de mim, me pegou pelas calças e ia me deixar em pedacinhos se Cadichon não tivesse me protegido mais uma vez daquele malvado animal; deu uma última e boa dentada no primeiro cão e jogou ele para cima, e ele caiu, machucado e sangrando, alguns passos para lá. Depois Cadichon pegou pelo rabo aquele cão que estava me segurando pelas calças e fez ele me soltar na mesma hora; depois de jogar ele para longe, Cadichon virou com uma agilidade incrível e deu um coice na boca do cão que deve ter custado alguns dentes. Os dois cães fugiram gritando, e eu estava me preparando para descer da árvore quando vocês voltaram.

Apreciaram muito minha coragem e minha presença de espírito, e todos vieram até mim, acariciaram-me e aplaudiram-me.

– Agora você sabe – disse Jacques com um ar triunfante e com os olhos brilhando de alegria – que meu amigo Cadichon voltou a ser muito bom. Não sei se você gosta dele, mas eu o amo mais do que nunca. Não é verdade, meu Cadichon, que vamos ser bons amigos para sempre?

Respondi da melhor forma que podia com um relincho feliz; as crianças começaram a rir e, sentando-se à mesa, continuaram a refeição. Madeleine serviu seu creme.

– Que creme gostoso! – disse Jacques.

– Quero mais – disse Louis.

– Eu também, eu também – disseram Henriette e Jeanne.

Madeleine ficou feliz com o sucesso do seu creme. Devo dizer que todos tinham cozinhado perfeitamente, que o almoço foi devorado e que não sobrou nada. O pobre Jacques, porém, que se encarregara dos morangos com creme, teve um momento de vergonha. Ele tinha adoçado o creme e acrescentado nele os morangos descascados. Tudo tinha dado certo, mas infelizmente ele terminara antes dos outros. Vendo que tinha tempo, quis aperfeiçoar seu prato e começou a amassar os morangos dentro do creme. Ele amassou, amassou por tanto tempo e com tanta vontade que os morangos e o creme se transformaram em um mingau, que embora pudesse ter um ótimo sabor, não tinha muito boa aparência.

Quando chegou a vez de Jacques e ele tentou servir seus morangos, ouviu:

– O que é isso que você está me dando? – exclamou Camille. – Mingau vermelho? Eca! Como você fez isso?

– Não é mingau vermelho – disse Jacques um pouco confuso –; são morangos com creme. Está muito gostoso, eu garanto, Camille; experimente para ver.

– Morangos? – perguntou Madeleine. – Onde estão os morangos? Não estou vendo nenhum. Isso que você está dando para a gente é nojento.

– Sim, é nojento – gritaram todos os outros.

– Eu achava que eles iam ficar melhores amassados – disse o pobre pequeno Jacques, com os olhos cheios de lágrimas. – Mas se vocês quiserem, vou depressa colher morangos frescos e pegar creme na fazenda.

– Não, meu pequeno Jacques – disse Elisabeth, comovida com a tristeza dele –; seu creme deve estar muito gostoso. Quer me servir? Vou comer com muito prazer.

Com o semblante feliz de novo, Jacques abraçou Elisabeth e lhe serviu um prato cheio.

As outras crianças, comovidas como Elisabeth pela bondade e boa vontade de Jacques, também pediram; todos, depois que comeram, disseram que estava delicioso. O pequeno Jacques, que tinha examinado com preocupação aqueles rostos enquanto experimentavam seu creme, voltou a ficar radiante quando viu o sucesso de sua invenção.

Acabado o almoço, as crianças começaram a lavar a louça em uma grande bacia que fora esquecida no dia anterior e que a calha enchera durante a noite.

Aquela parte do trabalho não era menos divertida, mas a louça ainda não tinha sido terminada quando chegou a hora dos estudos e os pais chamaram seus filhos de volta. Eles pediram mais quinze minutos para terminar de secar e arrumar toda a bagunça. Os pais concordaram. Antes que os quinze minutos tivessem chegado ao fim, tudo estava de volta à cozinha e colocado no lugar, as crianças foram estudar e Auguste se despedira para voltar à sua casa.

Antes de ir embora, Auguste me chamou e, ao me avistar, correu até mim, acariciou-me e agradeceu-me, com palavras e gestos, pelo que eu tinha feito por ele. Desfrutei daquele sentimento de gratidão com prazer. Confirmei em meu coração que Auguste era muito melhor do que eu julgara inicialmente, que não havia nele rancor nem maldade, e que se era covarde e um pouco estúpido, não era por culpa dele.

Tive a oportunidade, poucos dias depois, de lhe fazer um outro favor.

O BARCO

Jacques: – Que pena que a gente não possa fazer todos os dias um almoço como o da semana passada! Foi tão divertido!

Louis: – E como comemos bem!

Camille: – Gostei principalmente da salada de batata e do vinagrete de vitela.

Madeleine: – Sei muito bem por quê: é porque sua mãe sempre proíbe você de comer coisas com vinagre.

Camille (rindo): – Talvez; as coisas que a gente come raramente sempre parecem melhores, ainda mais quando a gente gosta naturalmente delas.

Pierre: – O que a gente vai fazer hoje para se divertir?

Elisabeth: – É verdade, hoje é quinta-feira! Estamos de folga até a hora do jantar.

Henri: – E se pescássemos algo no lago para fritar?

Camille: – Boa ideia! Assim a gente consegue um prato de peixe para amanhã, já que a gente não come carne às sextas.

Madeleine: – Mas como a gente vai pescar? A gente tem linha?

Pierre: – A gente tem muitos anzóis, mas faltam as varas para prender as linhas.

Henri: – E se a gente pedir para os empregados comprarem no vilarejo?

Pierre: – Não vendem vara lá, eles teriam que ir até a cidade.

Camille: – Auguste está chegando, talvez ele tenha linha na casa dele; a gente manda buscar com o pônei.

Jacques: – Eu vou com Cadichon.

Henri: – Você não pode ir tão longe sozinho.

Jacques: – Não é longe, fica a meia légua.

Auguste (ao chegar): – O que vocês querem buscar com Cadichon, meus amigos?

Pierre: – Linha para pescar. Você tem, Auguste?

Auguste: – Não, mas não é preciso ir tão longe para conseguir; com umas facas, a gente pode fazer quantas linhas quiser.

Henri: – Puxa! É verdade. Como a gente não pensou nisso?

Auguste: – Vamos agora para o bosque! Vocês têm facas? A minha está no meu bolso.

Pierre: – Tenho uma excelente faca que Camille me trouxe de Londres.

Henri: – E eu também, tenho a que Madeleine me deu.

Jacques: – Eu também tenho uma faca.

Louis: – Eu também.

Auguste: – Então venham com a gente; enquanto a gente corta os galhos maiores, vocês tiram as cascas e os galhinhos menores.

– E a gente faz o que enquanto isso? – perguntaram Camille, Madeleine e Elisabeth.

– Mandem preparar o que é preciso para a pesca – respondeu Pierre –: o pão, as minhocas e os anzóis.

E todos se dispersaram para cumprir sua tarefa.

Dirigi-me tranquilamente ao lago e esperei por mais de meia hora a chegada das crianças. Finalmente as vi chegando, cada uma com sua vara, e trazendo os anzóis e outros objetos que poderiam ser necessários.

Henri: – Acho que temos que agitar a água para fazer os peixes virem para cima.

Pierre: – Pelo contrário, a gente não pode fazer nenhum barulho: os peixes vão direto para o fundo do lago se ficarem assustados.

Camille: – Acho que seria bom atrair os peixes jogando migalhas de pão.

Madeleine: – Sim, mas não muitas; se a gente der pão demais, eles vão matar a fome.

Elisabeth: – Calma, deixem eu fazer; cuidem da preparação dos anzóis enquanto eu jogo o pão.

Elisabeth pegou o pão; na primeira migalha que jogou, meia dúzia de peixes apareceram na superfície. Elisabeth atirou mais algumas migalhas. Louis, Jacques, Henriette e Jeanne quiseram ajudar; jogaram tantas migalhas que os peixes, satisfeitos, não tocaram mais nelas.

– Acho que a gente deu pão demais – disse Elisabeth baixinho para Louis e Jacques.

Jacques: – E daí? Eles podem comer o resto à noite ou amanhã.

Elisabeth: – É que eles não vão mais querer morder a isca; eles não estão mais com fome.

Jacques: – Ai! Os primos e as primas não vão gostar disso.

Elisabeth: – A gente não vai contar. Eles estão ocupados com as iscas; talvez os peixes mordam do mesmo jeito.

– Nossas iscas estão prontas – disse Pierre trazendo as linhas –; cada um pegue sua linha e lance na água.

Cada um pegou sua linha e a lançou, conforme disse Pierre. Esperaram alguns minutos, tomando cuidado para não fazer barulho; os peixes não mordiam.

Auguste: – Esse lugar não está bom, vamos mais longe.

Henri: – Acho que não tem peixe aqui, pois há várias migalhas de pão que não foram comidas.

Camille: – Vamos para o outro lado do lago, perto do barco.

Pierre: – Ali é muito fundo.

Elisabeth: – Você acha que os peixes podem se afogar?

Pierre: – Os peixes não, mas um de nós sim, se cair.

Henri: – E como é que a gente poderia cair? A gente não vai chegar perto da beirada a ponto de escorregar ou cair dentro da água.

Pierre: – É verdade, mas ainda assim não quero que os pequenos vão para lá.

Jacques: – Por favor, Pierre, deixe eu ir junto; a gente fica bem longe da água.

Pierre: – Não, não, fiquem onde estão; a gente volta logo, porque não acho que vai ter mais peixes lá que aqui. Além disso – acrescentou, baixando a voz –, é por culpa de vocês que não conseguimos pegar nada; eu vi bem quando vocês jogaram dez vezes uma enorme quantidade de pão; não quero contar para Henri, Auguste, Camille e Madeleine, mas é justo que vocês paguem por esse descuido.

Jacques não insistiu mais e foi contar aos outros culpados o que Pierre acabara de lhe dizer. Eles se conformaram em ficar onde estavam, esperando que os peixes resolvessem se entregar, mas sem conseguir fisgar nenhum.

Eu tinha ido atrás de Pierre, Henri e Auguste até o outro lado do lago. Eles lançaram suas linhas, também sem sucesso; por mais que mudassem de lugar e puxassem os anzóis, os peixes não apareciam.

– Meus amigos – disse Auguste –, tive uma excelente ideia: em vez de a gente cansar de esperar que os peixes queiram vir à superfície para serem fisgados, a gente pode pescar um monte de uma vez, uns quinze ou vinte.

Pierre: – E como a gente vai conseguir quinze ou vinte, se não consegue pegar nem um único peixe?

Auguste: – Com uma rede que se chama tarrafa.

Henri: – Mas é muito difícil, papai diz que é preciso saber jogar a tarrafa.

Auguste: – Difícil? Que bobagem! Eu já joguei a tarrafa dez, vinte vezes. É muito fácil.

Pierre: – E você pegou muitos peixes?

Auguste: – Não, porque eu não jogava na água.

Henri: – Como assim? Onde você jogava?

Auguste: – Na grama ou na terra, só para aprender a jogar direito.

Pierre: – Mas não é a mesma coisa, tenho certeza de que você vai jogar muito mal na água.

Auguste: – Mal? Você acha? Você vai ver se eu jogo mal! Vou correr para buscar a tarrafa que está secando no pátio.

Pierre: – Não, Auguste, por favor. Se acontecer alguma coisa, papai vai dar uma bronca na gente.

Auguste: – E o que você acha que pode acontecer? Estou dizendo que lá em casa sempre pescamos com a tarrafa. Estou indo; esperem, não vou demorar muito.

E Auguste saiu correndo, deixando Pierre e Henri insatisfeitos e preocupados. Ele não demorou para voltar, arrastando a rede atrás de si.

– Aqui está – disse ele, estendendo a rede no chão. – Agora, vamos aos peixes!

Ele jogou a tarrafa com muita destreza e começou a puxá-la com calma e com cuidado.

– Puxe mais rápido! Assim a gente nunca vai terminar – disse Henri.

– Não, não – disse Auguste –, tenho que puxar de volta bem devagar para não rasgar a rede e para não deixar nenhum peixe escapar.

Ele continuou a puxar e, quando terminou, a rede estava vazia: nem um único peixe se deixara capturar.

– Puxa! – disse ele. – A primeira vez não conta. Não podemos desanimar. Vamos fazer de novo.

Ele fez de novo, mas não teve mais sucesso na segunda vez que na primeira.

– Já sei o que está acontecendo – disse ele. – Estou perto demais da beirada, não tem água suficiente aqui. Vou entrar no barco; como ele é muito comprido, vou ficar longe o bastante da beirada para conseguir abrir a tarrafa.

– Não, Auguste – disse Pierre –, não vá para o barco; com a tarrafa, você pode acabar se enroscando nos remos e nas cordas e cair na água.

– Você parece um bebê de dois anos, Pierre – respondeu Auguste –; eu sou mais corajoso que você. Você vai ver.

E subiu no barco, que balançava para a direita e para a esquerda. Auguste sentiu medo, embora fingisse que estava rindo, e percebi que estava prestes a fazer alguma bobagem. Ele abriu e estendeu mal a rede, pois o movimento do barco o atrapalhou; suas mãos não estavam muito firmes e suas pernas cambaleavam. Mesmo assim, a vaidade o dominou e ele jogou a tarrafa. Mas aquele movimento foi paralisado pelo medo de cair na água; a tarrafa enroscou no ombro esquerdo dele e lhe deu uma sacudida que o fez cair de cabeça no lago. Pierre e Henri deram um grito de pavor que respondeu ao grito de angústia que o infeliz Auguste dera quando sentiu que estava caindo. Ele estava embrulhado na rede, que impedia seus movimentos e não lhe permitia nadar para voltar à superfície da água e à beira do lago. Quanto mais ele se debatia, mais sentia a rede estreitar-se em seu corpo. Eu o via afundando pouco a pouco. Mais alguns instantes, seria o fim dele. Pierre e Henri não podiam socorrê-lo, pois nenhum dos dois sabia nadar. Antes que conseguissem trazer alguém, Auguste estaria acabado.

Não demorei muito para tomar uma decisão. Pulei na água decidido, nadei até ele e mergulhei, porque ele já havia afundado muito. Peguei com meus dentes a rede que o embrulhava; nadei até a beira do lago arrastando-o atrás de mim; subi o declive, que era muito íngreme, sempre puxando Auguste, mesmo correndo o risco de lhe causar alguns machucados ao arrastá-lo sobre as pedras e raízes, e trouxe-o de volta para a grama, onde ele ficou imóvel.

Pierre e Henri, pálidos e trêmulos, correram até ele e livraram-no, não sem dificuldade, da rede que o apertava; quando viram Camille e Madeleine chegando, mandaram-lhes buscar socorro.

Os menores, que tinham visto de longe a queda de Auguste, também chegaram correndo e ajudaram Pierre e Henri a secar o rosto e os cabelos encharcados do menino. Os empregados da casa não demoraram para chegar. Levaram Auguste inconsciente, e as crianças ficaram sozinhas comigo.

– Excelente Cadichon! – exclamou Jacques. – Foi você quem salvou a vida de Auguste! Vocês viram a coragem dele para pular na água?

Louis: – Sim, com certeza! E como mergulhou para alcançar Auguste!

Elisabeth: – E como puxou ele com cuidado até a grama!

Jacques: – Pobre Cadichon! Você está molhado!

Henriette: – Não toque nele, Jacques; ele vai molhar suas roupas; veja como está pingando por todos os lados.

– Ué! E daí se eu ficar um pouco molhado? – disse Jacques passando seu braço ao redor do meu pescoço. – Nunca vou ficar tão molhado quanto ele.

Louis: – Em vez de ficar abraçando e elogiando Cadichon, seria melhor levar ele para o estábulo; vamos embuchar ele e dar aveia para ficar quentinho e forte de novo.

Jacques: – É mesmo, você está certo. Venha, meu Cadichon.

Jeanne: – O que quer dizer embuchar? Louis, você disse que vai embuchar Cadichon.

Louis: – Embuchar quer dizer esfregar com um punhado de palha até o cavalo ou burro ficar bem seco. O nome é *embuchar* porque o punhado de palha que a gente junta para isso se chama *bucha* de palha.

Eu ia atrás de Jacques e de Louis, que iam em direção ao estábulo e me fizeram um sinal para acompanhá-los. Os dois começaram a me esfregar com tanta vontade que logo estavam encharcados de suor. Mesmo assim, só pararam quando terminaram de me secar bem. Enquanto isso, Henriette e Jeanne revezavam para pentear e escovar minha crina e minha cauda. Eu parecia esplêndido quando eles terminaram e comi com um apetite extraordinário a porção de aveia que Jacques e Louis me deram.

– Henriette – disse baixinho a pequena Jeanne à sua prima –, Cadichon tem muita aveia, é aveia demais.

Henriette: – Não tem problema, Jeanne; ele foi muito valente; é o presente dele.

Jeanne: – É que eu queria pegar um pouquinho.

Henriette: – Para quê?

Jeanne: – Para dar aos nossos coelhinhos, coitadinhos, que nunca ganham, embora gostem tanto de aveia.

Henriette: – Se Jacques e Louis virem você pegar a aveia de Cadichon, vão dar uma bronca em você.

Jeanne: – Eles não vão me ver. Vou esperar até que eles não estejam olhando.

Henriette: – Então você seria uma ladra, porque ia roubar a aveia do pobre Cadichon, que não pode reclamar, já que não consegue falar.

– É verdade – disse Jeanne com tristeza. – Mas meus pobres coelhinhos ficariam muito felizes em ganhar um pouco de aveia.

Jeanne sentou-se perto de minha vasilha, olhando-me comer.

– Por que você está aí parada, Jeanne? – perguntou Henriette. – Venha comigo buscar notícias de Auguste.

– Não – respondeu Jeanne –, prefiro esperar Cadichon terminar de comer, porque, se ele deixar um restinho de aveia, vou poder pegar, sem roubar, para dar aos meus coelhinhos.

Henriette insistiu para tirá-la dali, mas Jeanne recusou-se e ficou perto de mim. Henriette saiu com seus primos e suas primas.

Eu comia devagar; queria ver se Jeanne, quando ficasse sozinha, se entregaria à tentação de banquetear seus coelhos à minha custa. Ela olhava de vez em quando para a vasilha.

– Como ele come! – ela dizia. – Ele não vai terminar… nem deve mais estar com fome, mas continua comendo… a aveia está acabando, espero que ele não coma tudo… se ele deixasse só um pouquinho eu já ficaria tão contente!

Eu teria comido tudo o que estava na minha frente, mas a pobrezinha me deu dó; ela não tocava em nada, apesar de sua vontade. Então, fingi estar satisfeito e abandonei minha vasilha, deixando nela metade da aveia.

Jeanne gritou de alegria, deu um salto e, pegando a aveia com as mãos, colocou-a em seu avental de tafetá preto.

– Como você é bonzinho, como você é gentil, meu gentil Cadichon! – ela dizia. – Nunca vi um burro melhor que você. É muita gentileza não ser guloso! Todo mundo gosta de você porque é muito bonzinho... os coelhos vão ficar muito felizes! Vou contar a eles que foi você que deu a aveia.

Quando terminou de despejar toda a aveia em seu avental, Jeanne saiu correndo. Eu a vi correr até a casa dos coelhos e a ouvi contar o quanto eu era bom, que eu não era nada guloso, e que eles deviam fazer como eu; já que eu tinha deixado aveia para os coelhos, eles também deveriam deixar para os passarinhos.

– Voltarei logo – ela disse a eles – e verei se vocês foram bonzinhos como Cadichon.

Então, fechou a porta deles e correu para encontrar Henriette.

Fui atrás dela para descobrir notícias de Auguste. Ao chegar perto do casarão, vi com alegria que ele estava sentado na grama com seus amigos. Quando ele me viu chegar, levantou-se, aproximou-se e me disse, fazendo carinho em mim:

– Chegou meu salvador; sem ele, eu teria morrido; desmaiei bem quando Cadichon, depois de morder a rede, estava começando a me puxar para a terra, mas vi muito bem quando ele se jogou na água e mergulhou para me salvar. Nunca mais vou esquecer o que ele fez por mim, e nunca mais vou deixar de falar com ele quando vier para cá.

– É muito bonito isso que você está dizendo, Auguste – disse a avó. Quando temos um bom coração, somos gratos a um animal assim como somos gratos a uma pessoa. Quanto a mim, vou me lembrar para sempre de tudo o que Cadichon fez para nós e, o que quer que aconteça, estou decidida a nunca me separar dele.

Camille: – Mas vovó, há alguns meses a senhora queria mandar Cadichon para o moinho. Ele ia ser muito infeliz no moinho.

Avó: – Sim, minha pequena, mas não o mandei para lá. Pensei nisso por um segundo, é verdade, depois da peça que ele pregara em Auguste e pelas muitas de pequenas maldades das quais toda a casa estava se queixando. Mas eu estava decidida a mantê-lo aqui em gratidão por seus antigos serviços. Agora, não somente ele ficará conosco, como também cuidarei para que ele seja feliz aqui.

– Oh! Obrigado, vovó, obrigado! – exclamou Jacques, pulando no pescoço de sua avó e quase a derrubando no chão. – Eu vou sempre cuidar do meu querido Cadichon; vou amar Cadichon, e ele vai me amar mais que a todos os outros.

Avó: – Por que você quer que Cadichon o ame mais que aos outros, pequeno Jacques? Não é justo.

Jacques: – É sim, vovó, é justo, porque eu amo ele mais que meus primos e minhas primas, e porque quando ele foi malvado e ninguém mais gostava dele, eu ainda gostava um pouco… quer dizer, gostava muito – acrescentou ele rindo. – Não é verdade, Cadichon?

Imediatamente, fui apoiar minha cabeça no ombro dele. Todos começaram a rir e Jacques continuou:

– Não é verdade, primas e primos, que vocês querem que Cadichon me ame mais que a vocês?

– Sim, sim, sim – todos responderam rindo.

Jacques: – E não é verdade que eu amo Cadichon e que sempre amei ele mais que vocês?

– Sim, sim, sim – repetiram todos juntos.

Jacques: – A senhora está vendo bem, vovó, que, como fui eu quem lhe trouxe Cadichon, como sou eu quem mais ama ele, é justo que seja eu que Cadichon ame mais também.

Avó (sorrindo): – Eu não poderia concordar mais, meu querido; mas quando você não estiver aqui, não poderá cuidar dele.

Jacques (com energia): – Mas eu sempre vou estar aqui, vovó.

Avó: – Não, meu pequeno, você não estará sempre aqui, já que seu papai e sua mamãe levam você embora quando chega a hora de partir.

Jacques ficou triste e pensativo; ele continuava com o braço apoiado em minhas costas e com a cabeça apoiada na mão.

De repente, seu rosto se iluminou.

– Vovó – disse ele –, a senhora quer me dar Cadichon?

Avó: – Eu lhe darei tudo o que me pedir, meu pequeno, mas você não poderá levá-lo para Paris.

Jacques: – É verdade; mas ele vai ser meu e, quando papai tiver uma casa bem grande, vamos levar Cadichon com a gente.

Avó: – Eu lhe dou Cadichon sob essa condição, meu pequeno; enquanto isso, ele viverá aqui, e provavelmente viverá muito mais tempo que eu. Então, não se esqueça de que Cadichon é seu e de que será sua responsabilidade fazê-lo feliz.

Conclusão

Desde aquele dia, meu senhorzinho Jacques pareceu me amar ainda mais. Da minha parte, fiz o possível para me tornar útil e agradável, não somente para ele, mas para todos da casa. Nunca me arrependi nem por um minuto de todo o esforço que eu havia feito para mudar, porque todos ficavam cada vez mais apegados a mim. Continuei cuidando das crianças, livrando-as de vários acidentes e protegendo-as dos homens e dos animais malvados.

Auguste vinha com frequência à casa; ele nunca deixava de me fazer uma visita, como havia prometido, e sempre me trazia uma pequena gulodice: às vezes era uma maçã, uma pera ou pão e sal, de que eu gostava especialmente, ou então um punhado de alfaces e algumas cenouras; enfim, ele nunca deixava de me dar algo que sabia ser de meu gosto. É uma prova do quanto eu havia me enganado a respeito da bondade daquele coração, que eu julgava ser malvado só porque o pobre menino fora bobo e vaidoso algumas vezes.

O que me deu a ideia de escrever minhas Memórias foi uma série de conversas entre Henri e seus primos. Henri sempre dizia que eu não sabia o que estava fazendo nem por que estava fazendo. Suas primas, e principalmente Jacques, defendiam minha inteligência e minha vontade de fazer o bem. Aproveitei um inverno muito rigoroso, que quase não me permitia sair, para compor e escrever alguns acontecimentos importantes da minha vida. Talvez elas os divirtam, meus jovens amigos; de toda forma, farão vocês compreenderem que, se querem ser bem servidos, é preciso tratar bem aqueles que os servem; que aqueles que vocês consideram mais burros não são tão estúpidos quanto parecem; que um burro tem, assim como qualquer outro, um coração para amar seus donos, para ser feliz ou infeliz, para ser amigo ou inimigo, por mais burro que seja. Hoje vivo feliz, sou amado por todos, cuidado como um amigo por meu senhorzinho Jacques; estou começando a ficar velho, mas os burros vivem por muito tempo e, enquanto eu puder caminhar e me sustentar em minhas próprias patas, empregarei minhas forças e minha inteligência a serviço dos meus donos.